Einaudi Ragazzi

storie & rime

Collana diretta da

Orietta Fatucci

Titolo originale: *Heartland - Love is a gift*

Prima pubblicazione 2004, Scholastic Children's Book,

marchio di Scholastic Ltd., Londra

ISBN 978-88-6656-081-4

www.edizioniel.com

LAUREN BROOKE

Heartland
Con occhi nuovi

traduzione di
Lucia Feoli

Einaudi Ragazzi

Un ringraziamento particolare
a Elisabeth Faith.

Ad Amber Caravéo: grazie
per aver reso Heartland un luogo speciale.

Con OCCHI nuovi

CAPITOLO PRIMO

Amy gettò a terra la longhina, esasperata. – Non so cosa gli prenda! – esclamò. Lanciò un'occhiata a Ty, che la osservava appoggiato a un palo della staccionata.
Lo stallone galoppò intorno al recinto sgroppando con la coda ritta come una bandiera. Per quanto Ty si sforzasse di mostrarsi solidale, Amy aveva notato il suo sorriso.

– Scusami, – disse il ragazzo. – È solo che Dazzle sembra divertirsi un mondo. Scommetto che crede di giocare a rincorrersi!

Amy scoppiò a ridere suo malgrado. Era cosí bello riavere Ty a Heartland e condividere di nuovo le giornate con lui. Fino a poche settimane prima era all'ospedale, in coma, e per Amy era stato un periodo terribile. Ty non era solo il capo stalliere di Heartland: era il suo migliore amico e il suo ragazzo.

Si scostò una ciocca di capelli dal viso e lo raggiunse vicino alla staccionata.

Dazzle aveva smesso di galoppare e li osservava con le orecchie ritte, incuriosito.

– Ehi –. Ty schioccò le dita. – Terra chiama Amy.

La ragazza sorrise. – Stavo solo pensando a quanto è bello averti di nuovo a casa.

– Mi fa piacere sapere che ti sono mancato –. Ty ricambiò il sorriso e raccolse la corda. – Vuoi che provi io?

Amy annuí e lo guardò avvicinarsi lentamente a Dazzle, con la longhina nascosta dietro la schiena. Il mustang rimase immobile, osservando ogni suo movimento. Quando Ty fu abbastanza vicino da toccarlo, Dazzle lanciò un nitrito acuto e galoppò via. Invece di inseguirlo, il ragazzo gli voltò le spalle, senza mostrare alcun interesse per le sue pagliacciate. Il cavallo sgroppò piú volte, euforico, ma Ty continuò a ignorarlo; allora il mustang cominciò a poco a poco a calmarsi.

Amy sorrise notando l'espressione confusa con cui Dazzle guardava Ty. Alla fine, l'animale abbassò la testa, sbuffò rassegnato e, avvicinatosi al ragazzo, gli strofinò il muso sulla spalla. Ty si voltò lentamente e, agganciata la longhina, lo condusse verso il cancello.

– Con te è piú docile che con chiunque altro, – commentò Amy mentre entravano al fresco della scuderia. In un angolo del box era appesa una rete colma di fieno premurosamente lasciata da Ben, l'altro stalliere di Heartland.

– Si era soltanto stancato e voleva rientrare, – rispose Ty, sfilando la cavezza a Dazzle.

Ma Amy sapeva che tra lui e il mustang c'era un legame speciale. – Ben ha già preparato il mangime; ci basta distribuirlo e avremo finito, – disse.

Ty si alzò. – Fantastico.

In quel momento Lou, la sorella di Amy, la chiamò dal cortile.

– Amy, quando hai un secondo puoi venire da me?

– Vai pure, – disse Ty. – Finisco io qui. Non resta molto da fare.

– Sei sicuro? – Amy corrugò la fronte. Non voleva che Ty si affaticasse troppo, a cosí poco tempo dalla dimissione dall'ospedale.

– Tranquilla. Magari è importante –. Il ragazzo si chinò a darle un bacio sulla fronte. – Ci vediamo domani mattina.

– Grazie, Ty, – disse lei con riconoscenza, e dopo un'ultima pacca a Dazzle uscí dal box.

Lou e Scott erano seduti al tavolo della cucina con Jack Bartlett, il nonno delle ragazze. Entrando, Amy si liberò delle scarpe con un calcio e notò con stupore che la sorella non le diceva come sempre di metterle a posto.

Amy sorrise a Scott, il fidanzato di Lou e veterinario di Heartland, e notò subito l'aria eccitata della sorella, di solito calma e posata. – Che succede? – chiese incuriosita.

– Allora, – esordí Lou, – pensi di potertela cavare senza di me per qualche settimana? – Posò la mano su quella del ragazzo, con gli occhi scintillanti. – Tra quindici giorni Scott va in Australia per una conferenza, e mi ha chiesto di accompagnarlo.

– Per qualche settimana! – esclamò Amy, sorpresa.

– Be', calcolando il viaggio staremo via un po' di piú, – ammise Lou. – La conferenza dura cinque giorni, ma visto che è in Australia ho pensato di approfittarne per andare a trovare papà. Gli ho telefonato oggi e mi ha invitato a stare da lui, con Helena e la bambina, mentre Scott è alla conferenza. Poi, quando Scott sarà libero, abbiamo pensato di prenderci qualche giorno di vacanza prima di tornare a casa, – spiegò raggiante.

Amy rifletté per qualche secondo. Quando la loro madre era morta in un tragico incidente, Lou aveva lasciato il suo impiego in banca in città e si era trasferita a Heartland per occuparsi della gestione finanziaria dell'attività, lasciando Amy libera di lavorare con i cavalli maltrattati e trascurati che venivano accolti alla scuderia. Adesso, il pensiero di stare senza di lei per un mese le fece capire all'improvviso quanto fosse diventata importante per Heartland.

– Amy? – disse Lou con dolcezza.

Dal suo sguardo la ragazza capí che non era la reazione che aveva sperato. Fece un respiro profondo e si sforzò di sorridere. – È una bellissima notizia, Lou. Ovvio che devi andarci. Ti meriti una pausa, dopo aver lavorato tanto!

Rallegrata, Lou spinse indietro la sedia e corse ad abbracciare la sorella. – Sei sicura di poter fare a meno di me?

Amy cercò di scacciare le sensazioni contrastanti che le rimescolavano lo stomaco e la strinse forte. Era davvero felice che le si fosse presentata quell'occasione, ma d'altra parte avrebbe sentito la sua mancanza. – Sicura, sicurissima.

Scott si schiarí la gola. – Ho già trovato un ottimo sostituto per l'ambulatorio.

Amy gli sorrise e Lou aggiunse: – E io sbrigherò tutte le incombenze amministrative di Heartland prima di partire. Non avrai molto da fare. Dovrai solo ricordarti di pagare le bollette a fine mese, controllare ogni giorno la mail e...

– Basta cosí, – la interruppe Jack Bartlett, ridendo. – Sono sicuro che lascerai istruzioni dettagliate per tutto... e istruzioni su come seguire le istruzioni! Amy, ho promesso a Lou che sbrigherò io gran parte del suo lavoro... tu sei già abbastanza impegnata cosí.

– Grazie, nonno. Sono sicura che ce la caveremo benissimo, – fece Amy sorridendo.

– Fantastico! – esclamò Lou. – Allora richiamo subito papà per accettare il suo invito. Grazie Amy, grazie, nonno –. Guardò prima l'uno, poi l'altra. – Non potete immaginare quanto sia importante per me.

All'improvviso, Amy si rese conto che Lou avrebbe passato molto tempo con il padre in Australia... tempo che anche lei avrebbe desiderato condividere con loro. Le fu difficile nascondere i propri sentimenti mentre Lou componeva il numero. In silenzio, s'infilò gli stivali e tornò in cortile.

Quando entrò nel box di Sundance, il pony alzò lo sguardo dalla rete di fieno e nitrí sommessamente.
– Oh, Sundance, – sussurrò Amy affondando le dita tra i peli della sua criniera.

Mentre si appoggiava al suo caldo collo dorato, la colse una sensazione di smarrimento ben nota. Era contenta che Lou andasse in Australia: si meritava una vacanza, e Amy sapeva quanto fosse importante per la sorella passare del tempo insieme al padre. D'altra parte, la notizia del viaggio aveva turbato il precario senso di sicurezza che aveva a poco a poco costruito intorno a sé dopo la morte della madre.

Una scena atroce le balenò nella mente: il buio della tempesta, l'albero che si schiantava sull'automobile, la terribile oscurità prima del risveglio in ospedale, dove Lou le aveva detto che la mamma era morta. Sospirò profondamente. «Ogni volta che penso di aver superato la morte della mamma, qualcosa mi fa capire che non è affatto cosí. Lei mi manca ancora tantissimo». Sundance mosse le orecchie verso di lei, girò la testa e le mordicchiò affettuosamente i capelli. Amy si appoggiò a lui, confortata dal suo calore e dalla sua forza.

– Sapevo di trovarti qui. Quando devi riflettere vieni

sempre dai cavalli, – disse Jack sottovoce, affacciandosi alla porta del box.

Amy si voltò a guardarlo.

– A cosa stai pensando? – le chiese, con una punta di preoccupazione negli occhi azzurri.

Amy raddrizzò il ciuffo sulla fronte di Sundance, esitante. – Non credo di sapere esattamente cosa provo all'idea che Lou parta, – ammise.

– Saresti voluta andare anche tu? – chiese Jack, comprensivo.

Amy diede una pacca sulla spalla di Sundance, poi si avvicinò alla porta. – Mi piacerebbe molto rivedere papà, – disse. – Ma soprattutto, mi sono all'improvviso resa conto di quanto ho bisogno di Lou.

– Lo so –. Jack le strinse il braccio, rassicurante. – E scommetto che lei capirebbe. Dovresti parlarle.

Quando Amy entrò in cucina, Lou alzò lo sguardo dall'acquaio dove stava risciacquando alcune tazze.

– Scott è andato via? – chiese Amy.

– Sí, deve organizzare un mucchio di cose prima della partenza –. Lou si asciugò le mani. – Ma sono contenta che abbiamo un minuto per parlare. Voglio essere sicura che per te questo viaggio non sia un problema, ora che hai potuto rifletterci su. Prima ho avuto la sensazione che non fossi del tutto sincera.

– Sono contenta per voi, – la rassicurò Amy. – Solo che qui a Heartland sarà strano senza di te. E so di essere egoista, ma vorrei poter venire anch'io. Mi piacerebbe moltissimo rivedere papà.

Lou apparve un po' dispiaciuta. – L'avevo immaginato.

– Ma non ti devi preoccupare, – continuò Amy prendendo una sedia. – Penso che per te sia un'opportunità fantastica... sul serio. Cos'ha detto papà?

– Era contento –. Lou si sedette vicino a lei. – Mi richiamerà nei prossimi giorni per gli ultimi accordi... a proposito, mi ha detto di salutarti.

Amy sorrise. Solo di recente aveva cominciato a conoscere suo padre, Tim Fleming. L'uomo aveva lasciato la famiglia in seguito al grave trauma riportato in un incidente durante una competizione di salto ostacoli. All'epoca Amy aveva appena tre anni e fino a qualche mese prima non l'aveva piú rivisto. Durante la breve visita di Tim a Heartland, si era stupita di come tra loro si fosse creato subito un legame saldo. Lou invece, che aveva avuto piú tempo per intrecciare un rapporto profondo con il papà prima dell'incidente, aveva fatto fatica a riavvicinarsi a lui. Amy sperava che durante quella vacanza sua sorella sarebbe riuscita a ritrovare la complicità che li aveva uniti quando era piccola. Visto che ora Tim viveva in Australia con la nuova moglie e la figlioletta, Amy e Lou avevano di rado occasione di stare con lui.

– Perché non fai qualche foto di te e di tutti noi mentre lavoriamo a Heartland? – suggerí Lou. – Cosí potrò portarle con me. E quando sarò al ranch, ne farò moltissime a papà, a Helena e alla bambina, Lily. So che non è la stessa cosa, ma... – S'interruppe, non sapendo come finire la frase.

– Ottima idea, – tagliò corto Amy. Poi sorrise. – E non dimenticare di fotografare tutti i cavalli di papà.

– Tranquilla –. Lou ricambiò il sorriso. – Non vorrei mai che ti perdessi l'aspetto piú importante del viaggio!

Il mattino seguente, all'alba, Amy si vestí e uscí per dare da mangiare ai cavalli. Mentre mescolava l'ultimo secchio di mangime, arrivò Ty. – Ti sei alzata piú presto del solito, – commentò guardando l'orologio.

– Non ho dormito molto, – rispose Amy.

– In questi giorni ti trovo spesso già al lavoro quando

arrivo, – disse il ragazzo, accigliato. – Hai già tanto da fare di solito, non dovresti fare gli straordinari.

Amy distolse lo sguardo. La verità era che da quando Ty era tornato a Heartland dopo aver lasciato l'ospedale, lei aveva cercato di alleggerirgli il lavoro. Il ragazzo era stato a lungo in coma dopo essere rimasto schiacciato dal crollo del soffitto della vecchia scuderia, investita da una tromba d'aria. Tuttavia, Amy sapeva che era troppo orgoglioso per accettare aiuto e aveva cercato di non fargli capire ciò che stava facendo. Per cambiare argomento, gli spiegò brevemente quello che era successo la sera prima.

Ty convenne che l'idea delle foto era carina.

– Pensavo di fotografare i cavalli mentre mangiano, e poi te e Ben mentre li liberate nei recinti, – disse Amy.

Red, il cavallo di Ben, era affacciato alla mezza porta del suo box in attesa della colazione. – Se poi riuscissi a farmi qualche foto mentre lavoro con Dazzle, – continuò, – darebbe a Helena un'idea chiara di quello che succede in una giornata tipica a Heartland.

– Perché, a Heartland esiste una *giornata tipica*? – scherzò Ty prendendo un kit da strigliatura.

– Buongiorno! – li salutò Ben entrando in cortile.

– Ciao, Ben, – rispose Ty. Poi fece l'occhiolino a Amy.

– Meglio che mi metta al lavoro. Non vogliamo mica che i cavalli facciano brutta figura con i loro cugini australiani!

– Australiani? Mi sono perso qualcosa? – chiese Ben confuso.

– Un sacco di cose! – rise Amy. – Ma adesso non ho tempo di spiegarti, devo fare delle foto.

Dopo aver fatto qualche scatto di Ben e Ty al lavoro, Amy diede la macchina fotografica a Ty e portò Dazzle nel maneggio. Dazzle era un magnifico stallone mustang dal mantello roano, arrivato a Heartland quando Ty era ancora in coma. Amy non era riuscita a legare con lui come aveva sperato, ma il cavallo si era mostrato da subito ben disposto verso il ragazzo, al suo ritorno dall'ospedale, perciò Amy aveva proposto a Ty di provare a lavorare con lui.

Negli ultimi tempi, anche lei aveva cominciato a intensificare le sessioni con il mustang. – Eccoci arrivati, bello, – disse fermandosi al centro del maneggio e sganciando la longhina. Lo stallone sbuffò forte e trottò verso la staccionata, poi cominciò a galoppare liberamente lungo il perimetro del recinto. Amy sapeva che presto avrebbe dato segno di volersi riavvicinare a lei. A poco a poco, stava conquistando la sua fiducia e sapeva che a ogni join-up il loro legame diventava piú forte. Guardandolo divorare il terreno a lunghe falcate, con la coda al vento, Amy provò un impeto d'orgoglio. Dimenticò Ty e le foto, e si concentrò completamente sul magnifico animale che le stava chiedendo di stare con lei. Aveva abbassato la testa e apriva e chiudeva la bocca, in attesa che lei gli permettesse di raggiungerla.

Amy abbandonò ogni atteggiamento aggressivo, si girò di profilo e attese.

Dazzle rallentò, si fermò e la ragazza sentí che la stava guardando. Provò un brivido mentre aspettava che si avvicinasse. Lentamente, lo stallone attraversò il maneggio e si fermò accanto a lei, soffiandole forte sulla spalla. Amy alzò la mano e gli accarezzò il muso. Poi fece qualche passo avanti e, come legato da un filo invisibile, Dazzle la seguí. Ovunque andasse, il mustang camminava paziente dietro di lei, dimostrandole massima fiducia e rispetto.

Alla fine della sessione, Ty si avvicinò e riagganciò la longhina a Dazzle. – Sta cominciando a rispondere bene anche a te, – disse con entusiasmo, guidando il cavallo fuori dal maneggio. – Credo di aver scattato delle belle foto.

Guardandolo adesso, nessuno potrebbe immaginare quanto fosse selvaggio fino a poco tempo fa.

Amy annuí e diede una pacca sul caldo collo del mustang. – Ha ancora molta strada davanti a sé, ma sta facendo ottimi progressi. Soprattutto grazie a te –. Guardò Ty e notò che era diventato d'un tratto molto pallido. – Ti senti bene? – chiese turbata.

– Certo, – rispose il ragazzo. – Non preoccuparti, sto bene.

– Sembri stanco, – insistette Amy. – Dovresti fare una pausa. Striglio io Dazzle.

– Fidati, sto bene, – ripeté Ty, poi schioccò la lingua e s'incamminò verso la scuderia, seguito dal cavallo.

– Ty! – lo chiamò Amy, ma lui non si girò. A quanto pareva era deciso a fare tutto da solo, pensò Amy con un sospiro. In futuro, se voleva aiutarlo, avrebbe dovuto essere piú discreta.

La settimana seguente fu dedicata ai preparativi per la partenza di Lou. Malgrado Amy e il nonno continuassero a ripeterle che se la sarebbero cavata benissimo durante la sua assenza, la giovane donna era determinata a lasciare Heartland perfettamente organizzata.

Una mattina, mentre spazzava il cortile, Amy sentí spalancarsi la porta della cucina e vide la sorella che correva verso di lei agitando una grande busta bianca. La fissò sorpresa.

– Guarda, – disse Lou. – È per te. Credo sia di papà.

Perplessa, Amy prese la busta e la aprí. Mentre scorreva rapidamente la lettera, i suoi occhi grigi si spalancarono. – Hai ragione, è di papà, – disse lentamente. – Vuole che venga in Australia con te e Scott!

Lou rimase a bocca aperta. – A me non ha detto niente. Probabilmente voleva che fosse una sorpresa, – replicò felice.

Amy rilesse la lettera con piú calma.

Cara Amy,

so che ormai Lou ti ha parlato dei suoi progetti di venire in Australia. I momenti che ho passato con te a Heartland sono stati molto speciali, e per me sarebbe meraviglioso se tu potessi partire con lei. Questa volta potremmo passare piú tempo insieme; la mia ultima visita è stata troppo breve. Helena non vede l'ora di conoscervi entrambe e, naturalmente, di presentarvi alla vostra sorellina! So che per te non sarà facile lasciare Heartland, ma mi prometti che ci proverai? Voglio farti vedere la mia scuderia di cavalli da corsa, e ho parlato a tutti del tuo «tocco magico». Se non verrai, non sarò l'unico a rimanere deluso!

Per favore, porgi i miei saluti a Jack e di' a Lou che non vediamo l'ora di abbracciare lei e Scott. Ho in programma di fare lunghe passeggiate a cavallo con lei: so che si è allenata molto dalla mia ultima visita! Allego un biglietto aereo aperto a tuo nome, sperando che tu riesca a utilizzarlo.

Con tanto affetto,
papà

– Ma è meraviglioso! – Gli occhi di Lou brillavano. – Cosí potremo conoscere insieme la nostra sorellina. Ti piacerà stare al ranch di papà... passare del tempo con lui e con tutti i suoi cavalli...

S'interruppe quando Amy alzò lo sguardo, scuotendo lentamente la testa. – È inutile, Lou, non possiamo lasciare Heartland tutte e due. Io non posso proprio venire!

CAPITOLO SECONDO

Amy si gettò la cavezza sulla spalla e s'incamminò verso il paddock con la sua migliore amica, Soraya. Neppure la vista del suo pony, Sundance, che la aspettava vicino al cancello la tirò su di morale.

– Perché non cerchi almeno di pensare a un modo per organizzare le cose qui e partire? – chiese Soraya.

– È inutile, – sospirò Amy, scostandosi una ciocca di capelli dagli occhi. – Non potrei mai lasciare tutto il lavoro a Ty e Ben.

Soraya si gettò i riccioli neri dietro le spalle e si avvicinò a Jasmine, una ex pony da dressage che ormai viveva in pianta stabile a Heartland. Dopo un incidente che l'aveva resa zoppa stava per essere soppressa, ma poi era stata salvata e curata dalla madre di Amy, e ora era in grado di svolgere qualche attività leggera.

Soraya le infilò la cavezza sul muso arrotondato e schioccò la lingua perché si mettesse al passo con Amy e Sundance. Il pony buckskin di Amy agitò la coda infastidito e appiattí le orecchie, mostrando il bianco degli occhi.

– Smettila! – sbottò la ragazza, per una volta niente affatto divertita dalle sue bizze. Il cavallino rimase talmente stupito dal suo tono brusco che abbassò la testa, remissivo, e continuò a camminare al suo fianco senza fare storie.

Soraya scoppiò a ridere. – Non l'ho mai visto cosí ubbidiente, – disse. – Forse dovresti rimproverarlo piú spesso.

Amy si sentí in colpa. – Scusami, bello, – mormorò dandogli una pacca sul collo. Sundance sbuffò e le diede un colpetto col muso, facendola sorridere.

Dopo aver bardato i pony, uscirono dal cortile dirette al sentiero sabbioso che portava a Teak's Hill. Mentre trottavano, Amy cominciò a sentirsi piú serena. Sembrava che Sundance percepisse il suo umore perché fece tutto con piú entusiasmo del solito, come se volesse incoraggiarla. Galoppò piú veloce, saltò piú in alto e con piú leggerezza che mai.

– Wow! – esclamò Soraya, senza fiato, mentre si fermavano a riposare. – Cos'ha oggi? Il modo in cui ha saltato quel tronco dovrebbe valergli come minimo la qualifica a High Preliminary!

Amy sorrise e, mentre tornavano a casa, cominciò a pensare al suggerimento dell'amica di trovare un modo per lasciare Heartland. Dopo aver cavalcato in silenzio per un po', disse: – Non riesco a immaginare come il nonno e i ragazzi potrebbero cavarsela senza di me per un periodo cosí lungo. Una settimana d'accordo, ma un mese è troppo! Non sarebbe giusto. Non possiamo permetterci di assumere un sostituto, e Ty non deve sforzarsi troppo dopo l'incidente. Non potrebbe mai accollarsi anche il mio lavoro, oltre a tutto quello che già sta facendo.

– A me non dispiacerebbe venire a darvi una mano un paio d'ore al giorno, – propose Soraya.

Amy considerò la sua offerta, poi scosse la testa, dispiaciuta. – Sei davvero gentile, ma ci sarebbe comunque troppo da fare. Distribuire il foraggio al mattino, liberare i cavalli nei recinti, allenarli, pulire i box e i finimenti, preparare le lettiere per la notte, distribuire il mangime la sera e cercare di tenere in ordine il cortile –. Guardò Soraya e sorrise. – Wow, non mi ero resa conto di quanto fosse duro il mio lavoro.

Soraya ricambiò il sorriso. – So che non potrei dedicare a Heartland le ore che fai tu, ma potrei comunque svolgere parte delle mansioni di scuderia. A dirla tutta, avresti proprio bisogno di una vacanza... dopo tutto quello che hai passato ultimamente.

Amy sprofondò nei suoi pensieri. Gli ultimi mesi erano stati piuttosto duri, tra l'epidemia di influenza equina e la tromba d'aria che si era abbattuta sulla fattoria causando il ferimento di Ty. – Mi piacerebbe moltissimo andare, – ammise. – Ma Heartland viene al primo posto, – aggiunse con fermezza.

– Lo so –. Soraya annuí, seria. – Ma penso che sia ora che tu ammetta che il problema non è tanto come faremmo noi senza di te, quanto come faresti tu senza di noi! – concluse con un ampio sorriso. Amy finse di darle uno schiaffo, accorciò le redini e galoppò verso il cortile.

Dopo aver salutato Soraya, Amy s'incamminò verso casa. Con sua sorpresa, trovò Ty, Ben, Lou e il nonno riuniti in cortile. Lanciò a Ty un'occhiata interrogativa.

– Ci siamo consultati, e abbiamo deciso che andrai in Australia, – annunciò il ragazzo con un sorriso, andando dritto al punto.

Amy sospirò. – Mi piacerebbe molto, ma non è giusto. Senza di me e Lou avreste troppo da fare.

Ben fece un passo avanti e Amy gli lesse la

preoccupazione negli occhi. – Stare con tuo padre e con la sua nuova famiglia è troppo importante perché qualcosa te lo impedisca, Amy... perfino Heartland –. Amy sapeva che parlava per esperienza. Per molti anni si era sentito trascurato da sua madre e ne aveva sofferto molto.

– Lo so, Ben, – disse mordendosi il labbro. – Ma...

– E se riuscissimo a trovare qualcuno che lavori qui mentre siamo via? – la interruppe Lou.

Amy guardò i loro volti e all'improvviso si rese conto che sapevano tutti qualcosa di cui lei era all'oscuro. Rifletté rapidamente, poi i suoi occhi grigi si spalancarono per l'emozione. – Marnie! – esclamò senza fiato, pensando all'amica di Lou che li aveva già aiutati in passato.

La sorella annuí, con un lampo negli occhi azzurri.

– Riuscirebbe a venire cosí a lungo? – chiese Amy.

– Qualche tempo fa ho parlato con lei e mi ha detto che è molto stanca del lavoro in città. Pensava di chiedere un periodo di congedo, per staccare un po'. Stamattina mi è venuto in mente che forse le sarebbe piaciuto venire a stare qui. Conosce il lavoro alla scuderia e ha sempre dato volentieri una mano. L'ho chiamata mentre eri fuori a cavallo e ha colto l'occasione al volo, – spiegò Lou. – Almeno pensaci, Amy.

Per un attimo, Amy si sentí travolgere dall'emozione al pensiero di andare in Australia. – Ci rifletterò su, – disse, e prima che qualcuno potesse aggiungere altro, s'infilò nella selleria. Si sentiva cosí combattuta! Moriva dalla voglia di andare in Australia con Lou, ma sapeva che sarebbe stata costantemente in pensiero per Ty e Heartland. Questo avrebbe potuto rovinare il suo soggiorno, e non era giusto nei confronti di Lou e di papà.

– Ehi –. La voce di Ty interruppe i suoi pensieri. – Sai che se non parti te ne pentirai, – disse sedendosi su un baule accanto a lei.

– Ci ho pensato, – disse Amy sottovoce. – E non si tratta solo del lavoro supplementare che dovreste sbrigare in mia assenza. Ho paura che potrei essere d'intralcio a papà e Lou.

– Ma cosa dici? – esclamò Ty, perplesso.

– Quando papà è venuto a trovarci, ho passato molto tempo con lui e sono riuscita a superare buona parte delle insicurezze e dei complessi dovuti al suo abbandono. Ma Lou non si è riavvicinata davvero a lui... non come avrebbe sperato. Penso che trascorrendo del tempo insieme in Australia riusciranno a ricostruire il loro rapporto... è molto importante per lei. Quando era piccola e viveva in Inghilterra erano molto attaccati. Credo che per Lou sia stato un bruttissimo colpo non ritrovare subito l'intesa di un tempo.

– Amy, non stai afferrando il problema, – replicò Ty con dolcezza. – Non fai altro che preoccuparti: per i cavalli, per me, per Lou e per tuo padre. Perché invece non consideri tutto il bene che potrebbe derivare da questo viaggio?

Amy lo fissò in silenzio.

– Non pensare che non mi sia accorto che da quando sono uscito dall'ospedale sbrighi metà del mio lavoro al posto mio, – continuò il ragazzo. – Sarebbe ora che mi lasciassi riprendere a pieno ritmo. Devi fidarti del mio giudizio –. La guardò con intensità. – Negli ultimi tempi a Heartland sono arrivati meno cavalli del solito per permettere i lavori di ristrutturazione dopo il tornado. Adesso sono finiti, Candy è pronta per tornare a casa e Dazzle lavora meglio con me che con te.

Amy annuí. Sapeva che era vero.

– Con l'aiuto di Marnie possiamo cavarcela, ed è importante che tu stia un po' con tuo padre e conosca la tua sorellina. Per favore, promettimi di pensarci bene prima di decidere, okay?

Amy si rese conto che aveva ragione. Con Ty alla guida e l'aiuto di Marnie, tutto sarebbe filato liscio. Il suo cuore si gonfiò di felicità: ora non c'era nulla che le impedisse di andare in Australia!

Amy entrò in cucina, dove il nonno, la sorella, Ben e Ty sedevano intorno al tavolo. Lou la guardò con occhi pieni di speranza. – Allora?

All'improvviso, Amy non seppe cosa dire.

Il nonno scoppiò a ridere. – Adesso che Amy non ha piú scuse, comincio a credere che non abbia voglia di andare in Australia, – la canzonò.

– Stai scherzando? – esclamò la ragazza. – Certo, mi mancherete, – disse guardando Ty negli occhi. – E soprattutto mi mancheranno i cavalli.

– Ah, tante grazie! – scherzò Ben.

– Sai cosa voglio dire –. Amy si passò una mano tra i lunghi capelli castani. – Ma rivedere papà, e visitare il suo ranch? E lavorare con tutti i suoi cavalli? Wow! È un'occasione unica!

– In teoria sarebbe una vacanza, – le ricordò Ty con gentilezza, e tutti risero.

Lou le chiese: – Allora questo significa che verrai?

– Ci puoi scommettere! – rispose Amy, felice, mentre Ty si avvicinava per abbracciarla.

Lou guardò di nuovo il bloc notes mordicchiando la matita. – Ci sono ancora un bel po' di cose da organizzare prima della partenza di domani. Hai già preparato i bagagli?

Amy annuí. – È tutto pronto –. La sera prima aveva riempito di vestiti un borsone. – E ho chiamato papà per dirgli a che ora arriveremo.

– Cos'ha detto?

– Che verrà lui a prenderci all'aeroporto. A dir la verità, non siamo riusciti a dirci molto: la bambina piangeva ed era praticamente impossibile parlare.

– Lily, – la corresse Lou.

Amy non rispose. Le era parso strano parlare con il padre mentre la sua nuova figlioletta faceva sentire cosí forte la sua presenza. Non riusciva a capacitarsi che ora lui avesse tre figlie. Anche se erano stati lontani per gran parte della sua vita, le sembrava ancora che lei e Lou fossero le uniche. Lou non pareva avere preoccupazioni simili. – Non vedo l'ora di conoscerla, – disse con entusiasmo. – Pensa, una nuova sorellina!

– Sorellastra, – la corresse Amy sottovoce.

Lou tornò al suo notes, corrucciata. – Ho ordinato il foraggio, pagato le bollette di questo mese, – mormorò spuntando la lista.

– Dobbiamo chiamare il maniscalco per far limare gli zoccoli di Sugarfoot e Dazzle, – le ricordò Amy.

Mentre Lou prendeva il telefono, Amy uscí dalla stanza. Voleva fare un'ultima sessione di join-up con Dazzle.

Quella sera, il nonno preparò una cena di saluto. Guardando le persone che amava riunite a tavola, Amy si rese conto che non avrebbe potuto scegliere modo migliore per passare l'ultima serata a casa prima della partenza. La sua euforia sembrava contagiosa: tutti parlavano a voce alta del viaggio in Australia.

Piú tardi, Amy accompagnò Ty al furgone. – Mi mancherai molto, – disse piano.

– Anche tu –. Il ragazzo si girò verso di lei. – Ma un'occasione simile non capita spesso.

Amy si morse il labbro inferiore. Nel profondo del cuore, l'idea di lasciarlo la preoccupava ancora. Certe volte alla fine della giornata di lavoro era molto pallido, anche se non si lamentava mai.

Evidentemente, Ty le lesse nel pensiero. – Non potrai goderti questa vacanza se continui a preoccuparti di quello che succede qui, – disse con dolcezza.

– Mi dispiace –. Amy sorrise. – È che mi sento in colpa a partire quando tu avresti bisogno di una vacanza molto piú di me.

– Smettila! – disse Ty con finta severità. – Piuttosto, promettimi che mi scriverai qualche mail.

Amy rise. – Te lo prometto. E tu devi scrivermi e farmi sapere tutto quello che succede qui.

– Lo farò, – le assicurò Ty. – Ogni volta che avrò un minuto libero! – La baciò teneramente e, prima di salire sul furgone, la tenne stretta un po' piú a lungo del solito.

Mentre Amy guardava il furgone sparire lungo il vialetto, Lou la chiamò dalla cucina interrompendo i suoi pensieri. – Non dimenticare che domani partiamo presto, – disse.

Nonostante le preoccupazioni, Amy non poté fare a meno di provare un brivido d'eccitazione. Tra meno di ventiquattro ore avrebbe rivisto suo padre!

Il mattino seguente, Amy si alzò molto presto. Non aveva dormito bene. Era troppo emozionata. S'infilò gli abiti da lavoro e corse fuori, intenzionata a sbrigare piú faccende possibili prima della partenza. Voleva anche trovare un po' di tempo per salutare i cavalli da sola.

Per prima cosa, decise di raccogliere le reti dai box e riempirle di fieno per la sera, per alleggerire un po' la prima giornata di lavoro di Marnie. Mentre camminava verso la scuderia, i cavalli si mossero nel sonno sulle loro confortevoli lettiere di paglia, e alcuni si affacciarono alla mezza porta del box, guardandola stupiti e nitrendo sommessamente. Non erano abituati a essere disturbati cosí presto. – Tornate pure a dormire, – sussurrò Amy baciando i loro musi vellutati mentre passava da un box all'altro.

Impiegò l'ora e mezza successiva a lavare e riempire d'acqua i secchi, mescolare il foraggio e governare i cavalli. Mentre li strigliava con movimenti ampi e sicuri, spiegò a ciascuno dove sarebbe andata e promise che sarebbe tornata presto.

Quando la luce del giorno inondava già la fattoria, riflettendosi sulle candide assi di legno della casa, arrivarono Ty e Ben.

– Cosa ci fai qua fuori? – chiese Ben, scuotendo la testa con finto rimprovero.

– Stavo solo salutando i cavalli e raccomandando loro di fare i bravi in mia assenza, – sorrise Amy.

– Okay, ma ci è rimasto qualcosa da fare? – chiese Ty guardandola con aria interrogativa.

– Dovete solo portarli fuori –. Amy alzò le mani, ridendo. – Tra un attimo vado a prepararmi. Voglio solo fare un ultimo saluto –. Estrasse dalla tasca un biscotto per cavalli.

Quando la vide, Sundance nitrí e mosse la testa su e giú, scuotendo la criniera dorata. – Come fai a sapere sempre quando c'è qualcosa di buono in arrivo? – rise Amy mentre il pony le annusava le mani. – Ecco qua, golosone!

Mentre Sundance sgranocchiava il biscotto tutto contento, Amy lo accarezzò sulla fronte, con il cuore gonfio d'affetto. – Comportati bene, – disse. – Non fare il prepotente, stai lontano dai guai e cerca di non essere troppo goloso.

Sundance sbuffò, e sembrava proprio che ridesse delle sue richieste.

Amy gli diede un ultimo bacio, poi corse via, ricordando a se stessa che sarebbe tornata presto.

Non si era resa conto che partire sarebbe stato cosí difficile.

– Amy! – gridò Lou, esasperata, quando la ragazza entrò in casa di corsa. – Tra dieci minuti si parte, e guarda in che stato sei! – Amy guardò con aria colpevole i suoi abiti da lavoro macchiati e le mani sporche. – Farò in tempo, – promise. – Devo solo farmi una doccia e mettere qualcosa di pulito. I miei bagagli sono già in fondo alle scale.

Lou le tolse un filo di paglia dai capelli. – Scommetto che non hai nemmeno fatto colazione.

– Mangerò un boccone all'aeroporto, – rispose Amy senza voltarsi, affrettandosi verso la porta.

Stava infilando una maglietta bianca nei jeans quando sentí il furgone di Scott in cortile. Guardò fuori dalla finestra e vide una ragazza bionda e snella scendere dal lato del passeggero. Scott era passato a prendere Marnie alla stazione delle corriere. Lou le aveva suggerito di lasciare la macchina in città e di usare il furgone di Heartland.

Dopo essersi infilata un paio di scarpe da ginnastica, Amy si raccolse i lunghi capelli in una coda, poi lanciò un'occhiata frettolosa allo specchio. Aveva le guance arrossate e i suoi occhi grigi scintillavano. Afferrata la giacca dalla sedia, scese le scale due gradini alla volta e arrivò in cortile mentre Scott caricava l'ultima valigia sul furgone.
– Pronta? – le chiese. – Hai il passaporto?

Amy ricontrollò la tasca posteriore dei jeans e annuí, poi si voltò a salutare Marnie.

– Ciao, Amy! – esclamò la ragazza. – Sono contenta di essere di nuovo a Heartland. Anche se tu e Lou mi mancherete, naturalmente.

– Grazie di essere venuta, – disse Amy, abbracciandola.

– Figurati. Divertiti, okay? E non ti preoccupare di quello che succede qui: andrà tutto bene.

Amy si girò verso il nonno, che le stava tenendo aperta la portiera del furgone. – Ciao, nonno, – disse.

– Ciao, tesoro. Chiamaci appena arrivi da Tim e Helena, va bene? – La abbracciò.

– Certo, – promise Amy stringendolo fortissimo, poi lasciò il posto a Lou.

Ben si sedette al volante e accese il motore. Amy andò da Ty, che stava in silenzio lí vicino.

– Fa' buon viaggio, – disse il ragazzo e, sapendo di avere addosso gli occhi di tutti, la abbracciò svelto. – Scrivimi, okay? – sussurrò.

Amy annuí e scoppiò a ridere. – Soraya mi ha detto che si aspetta almeno tre mail al giorno, – disse. – Dovrò scrivervi cosí spesso che probabilmente non avrò tempo di vedere papà, figuriamoci i suoi cavalli!

Ben suonò il clacson e Amy vide che Scott e la sorella erano già sul furgone. Lou, che sedeva dietro, era china in avanti e stava sussurrando qualcosa all'orecchio di Scott.

– Allora ciao, – mormorò Amy guardando gli occhi verde smeraldo di Ty. – Ti scriverò appena possibile e ti chiamerò, promesso –. Prima di cedere alle lacrime, raggiunse di corsa il furgone e si sedette vicino a Lou, che smise di chiacchierare con Scott e le rivolse un ampio sorriso.

Ben inserí la marcia e il furgone percorse il vialetto che partendo dalla scuderia passava in mezzo ai recinti. Lou e Amy si girarono e salutarono con foga Ty, Marnie e il nonno finché le tre figure furono scomparse alla loro vista.

– Non posso credere che siamo finalmente partiti! – disse Lou stringendo la mano di Amy.

Amy provò una fitta di malinconia mentre lasciava Heartland, ma poi cominciò ad avvertire gli stessi crampi allo stomaco che aveva sempre prima di una gara.

– Australia! – annunciò. – Arriviamo!

CAPITOLO TERZO

– Chissà come sarà il ranch di papà? – disse Lou, emozionata, mentre l'aereo atterrava.

Amy immaginò schiere di magnifici cavalli da corsa in allenamento. – Secondo me sarà molto professionale, – rifletté.

– Amy! – Lou rise. – Io mi riferivo alla casa di papà e Helena, non alle scuderie!

Si scambiarono un'occhiata e anche Amy scoppiò a ridere. Come al solito, i cavalli erano al primo posto nei suoi pensieri.

Per arrivare a Sydney avevano dovuto fare diversi scali, con lunghe attese in aeroporto tra un volo e l'altro. Amy aveva passato il tempo chiacchierando con Lou e Scott e sfogliando riviste. In aereo aveva guardato un paio di film e, visto che la notte prima aveva a malapena chiuso occhio, non aveva avuto difficoltà a recuperare il sonno perduto.

Ciononostante, era stato un viaggio molto lungo e quando infine l'aereo atterrò, Amy scoppiava dalla voglia di scendere e di raggiungere il ranch del padre, che si trovava a qualche ora di macchina dall'aeroporto.

Quando finalmente ebbero recuperato le valigie e passato la dogana, Amy superò Lou e Scott, che camminavano tranquilli mano nella mano, e cercò suo padre tra la folla di parenti e amici in attesa.

Lo vide quasi subito. Si guardava intorno alla ricerca delle figlie, e quando scorse Amy un'espressione lieta si dipinse sul suo volto abbronzato.

– Papà! – esclamò Amy correndo da lui con il cuore che batteva forte per l'emozione. Voleva abbracciarlo, ma quando lo raggiunse si sentí d'un tratto in imbarazzo. Aveva dimenticato quanto fosse alto! Tuttavia, Tim non sembrò accorgersene e la strinse a sé con entusiasmo.

– Amy, – lo sentí mormorare tra i suoi capelli, poi la lasciò andare per salutare Lou e Scott.

Amy sorrise vedendo la testa dorata della sorella contro quella scura e riccia del padre. Lou aveva ereditato il colore dei capelli della madre. Amy non poté fare a meno di immaginare come dovevano essere stati i loro genitori insieme.

Tim si chinò per prendere due valigie blu scuro. – Mi sembra incredibile avere qui tutte e due le mie ragazze, – disse facendo loro l'occhiolino.

Le due sorelle si scambiarono uno sguardo e sorrisero. Amy era felice: erano di nuovo una famiglia, anche se solo per un breve periodo, e aveva intenzione di approfittarne al massimo.

Mentre si allontanavano dall'aeroporto a bordo della sua Land Cruiser, Tim cominciò subito a discutere i dettagli della loro visita.

– Helena mi ha pregato di dirvi che le sarebbe piaciuto venire anche lei, ma voleva assicurarsi che tutto fosse pronto per il vostro soggiorno, – disse con il suo marcato accento inglese, cosí simile a quello di Lou. – Quando sono uscito stava preparando una torta al cioccolato abbastanza grande da sfamarci tutti per una settimana –. Cambiò marcia e accelerò, imboccando l'autostrada. – La mia squadra al ranch non vede l'ora di conoscervi. Sanno tutto del tuo tocco magico –. Gli occhi grigi del padre incrociarono quelli di Amy nello specchietto retrovisore.

– Mi limito ad ascoltare i cavalli, tutto qui, – rispose la ragazza timidamente, lusingata dalle sue parole.

– Quanti dipendenti hai al ranch, papà? – chiese Lou.

– Sam è il mio manager e il mio braccio destro. Non potrei mandare avanti la baracca senza di lui, – spiegò Tim. – Poi c'è Pat, che sbriga tutte le commissioni, va a prendere i cavalli quando Sam e io non possiamo e si occupa delle forniture e della manutenzione. Infine, ma non da meno, c'è la mia squadra di otto stallieri che allenano i nostri giovani acquisti. A ciascuno sono affidati tre cavalli.

– Allora avete ventiquattro cavalli? – calcolò Amy.

– Ventisei, al momento, – la corresse Tim. – Ce ne sono due di cui mi occupo personalmente. Non vedo l'ora di farteli conoscere.

– Perché proprio quei due? – chiese Amy, incuriosita.

– Presto lo scoprirai.

– Papà, Lily ha cominciato a dire le sue prime paroline? – domandò Lou, cambiando argomento.

– È un vero terremoto, dalla mattina alla sera, – ridacchiò suo padre. – Mi ricorda molto te alla sua età. Adesso gattona, e mi si arrampica alle gambe ogni volta che può.

Amy vide l'espressione della sorella intenerirsi.

– La mamma diceva che non ti lasciavo mai in pace! – disse.

– Nemmeno Lily, – rispose Tim. – Ma non mi dispiace!

Amy rimase in silenzio, cercando di decifrare la vaga sensazione di disagio che si stava impadronendo di lei. Non era facile sentire suo padre parlare del tempo trascorso con Lou, e adesso con Lily, quando lei aveva passato gran parte dell'infanzia senza di lui.

Tim si rivolse a Scott, che gli sedeva accanto, e gli chiese dei suoi programmi per i giorni successivi. Si sarebbe fermato da loro solo quella sera, poi sarebbe andato alla conferenza, a tre ore di macchina dal ranch. Dopo i cinque giorni di convegno, sarebbe tornato a prendere Lou per la loro vacanza. – Ho sentito che alcuni seminari tratteranno le terapie non invasive. Quali aspetti ti interessano di piú?

Scott, che era particolarmente interessato ai rimedi alternativi, soprattutto se abbinati ai metodi convenzionali, rispose con entusiasmo. – Tutti, direi! La laserterapia, le terapie magnetiche e con gli ultrasuoni... le trovo tutte affascinanti.

Mentre parlava, Amy non poté fare a meno di notare

l'orgoglio negli occhi di Lou e provò un impeto di felicità per la sorella, unito a un'improvvisa nostalgia di Ty. «Adesso starà dormendo» pensò. Sapeva che in Virginia erano otto ore indietro rispetto all'Australia, e lí erano le otto del mattino.

– Siamo quasi arrivati, – annunciò Tim all'improvviso. Stavano percorrendo un tratto di strada perfettamente dritto, costeggiato da entrambi i lati da immensi campi di grano che si stendevano a perdita d'occhio. Tim svoltò a destra e imboccò una stradina piú piccola. Dopo una curva apparve un edificio basso e allungato e Amy provò un brivido d'eccitazione. Era una casa rivestita di assi di legno bianco, con una veranda che correva per tutta la sua lunghezza.

– Papà, è bellissima! – esclamò Lou.

Amy abbassò il finestrino e sporse fuori la testa, i lunghi capelli castani che fluttuavano nel vento. Non lontano dal ranch c'era una scuderia dall'aspetto impeccabile. Piú si avvicinavano, piú sembrava uscita da una rivista di equitazione. A differenza di Heartland, piccola e senza pretese, la scuderia di suo padre era di ben altre dimensioni. Amy scorse delle figure che si muovevano indaffarate e due grandi cavalli legati al muro.

Passarono lentamente accanto a dei recinti dalle staccionate bianche, dove alcuni cavalli brucavano l'erba rigogliosa. Amy li osservò con occhio esperto e si stupí nel notare alcune differenze. La maggior parte era snella e muscolosa, con un mantello sano e lucente, ma qualcuno non era in ottima forma.

– Abbiamo dei nuovi arrivi, – spiegò Tim, come se le avesse letto nel pensiero. – Nei prossimi dodici mesi saranno domati e riceveranno un addestramento di base. Quando li compriamo sono poco piú che puledri immaturi. Quando se ne vanno sono in forma, disciplinati e al massimo delle potenzialità.

Amy riconobbe la miscela di orgoglio e soddisfazione nella voce del padre. Le sembrava di sentire se stessa quando parlava del suo lavoro a Heartland.

– In genere quali sono i vostri tempi? – chiese con interesse. A Heartland non ponevano nessun limite di quel tipo alla riabilitazione di un cavallo. Ogni animale veniva trattato come un individuo e non era sottoposto a nessun genere di pressione.

– Diamo loro una settimana per ambientarsi, durante la quale ci limitiamo a governarli. Nelle settimane seguenti, lavoriamo con la longhina e le redini lunghe. Nello stadio successivo li abituiamo a sella e briglia, e infine vengono montati, – spiegò suo padre. – A questo punto comincia l'addestramento vero e proprio. Si inizia a lavorare in piano, poi si passa al salto ostacoli e negli ultimi mesi facciamo fare loro qualche esperienza nel circuito agonistico. Oltre a rafforzarne la sicurezza, serve a dare ai cavalli una certa visibilità e a metterli in luce presso i potenziali acquirenti.

– Sembra un percorso davvero completo, – osservò Lou, colpita. – Se non ti dispiace, papà, finché sono qui mi piacerebbe vedere come gestite l'amministrazione.

– Certo, – rispose Tim, compiaciuto.

Amy non era particolarmente interessata all'aspetto finanziario dell'attività di suo padre, ma non vedeva l'ora di conoscere gli animali. – Come si chiamano i cavalli che hai in questo momento, papà? – si affrettò a domandare prima che Lou cominciasse a parlare di cifre.

– Se non ti dispiace aspettare ancora un po', te li presenterò tutti di persona, – disse Tim, sorridendo. Era chiaro che capiva benissimo la sua impazienza!

Con uno scricchiolio di ghiaia, la Land Cruiser si fermò davanti al ranch.

Scott, che durante il viaggio si era addormentato, aprí gli occhi e si stiracchiò. Mentre scendeva dalla macchina, Amy notò sulla veranda una graziosa signora bruna con una bambina in braccio. Doveva essere Helena. Amy non poté fare a meno di provare sollievo nel constatare che non assomigliava affatto a sua madre.

Sorridendo, la donna scese gli scalini e andò loro incontro. – Sono felice di conoscervi, finalmente, – disse con calore. – Tim ci teneva tanto a invitarvi qui.

Tim fece ufficialmente le presentazioni, poi prese in braccio Lily. – Questa è Lily, – disse con orgoglio, mentre la bambina gli tirava i capelli ridendo. – Lily, queste sono le tue sorelle maggiori, Lou e Amy. E questo è Scott. Di' ciao.

– Aooo, – miagolò Lily, tutta sorridente.

– È adorabile, – disse Lou, già innamorata.

– Su, Lily, – Helena prese la piccola dalle braccia del marito. – Mentre noi scarichiamo i bagagli, fatti coccolare un po' dalle tue sorelle –. E prima che Amy potesse rendersi conto di quello che stava succedendo, le consegnò Lily. La ragazza la cullò tra le braccia guardando i suoi grandi occhi castani. – Ciao, – mormorò imbarazzata, non sapendo cos'altro dire.

Con suo immenso sconforto, Lily cominciò ad agitarsi.

Dopo pochi secondi, le sue labbra si piegarono all'ingiú e i suoi occhi si riempirono di lacrime.

«Oh, no, – pensò Amy, – per favore, non metterti a piangere». Ma la bambina cominciò a singhiozzare, e benché Amy la scuotesse dolcemente, non smise. Anzi, i suoi strilli diventarono ancora piú forti.

– Su, su, – intervenne Lou, prendendola delicatamente dalle braccia di Amy. La tenne dritta, in modo che potesse guardare oltre la sua spalla, e la cullò con dolcezza. In pochi istanti, le urla di Lily si placarono.

– Ci sai fare con i bambini, – la lodò Helena.

Tutti risero, ma Amy si sentí arrossire. Era contenta che Lou avesse consolato la piccola, ma le dispiaceva che Lily si fosse messa a strillare con lei. E, per quanto cercasse di evitarlo, non poteva fare a meno di provare un lieve risentimento verso Helena per avergliela messa in braccio in quel modo.

Come se avesse indovinato i suoi pensieri, la donna le rivolse un ampio sorriso. – Com'è andato il volo? – chiese, ma prima che Amy potesse rispondere continuò: – Devi essere esausta. Ho preparato la tua camera, è vicina a quella di Lou. Tutte le stanze degli ospiti sono nel sottotetto. L'abbiamo fatto ristrutturare l'anno scorso.

Ti ho tirato fuori degli asciugamani puliti e in bagno troverai un gel doccia. Vuoi salire adesso, oppure preferisci mangiare? Non sapevo cosa ti piacesse, allora...

– Credo che le piacerebbe andare a vedere i cavalli, – la interruppe Tim con un sorriso.

Amy non aveva potuto fare a meno di notare il nervosismo di Helena, e si domandò perché si sforzasse tanto.

– Ma certo, – approvò Helena. – Avrei dovuto indovinarlo: tale padre, tale figlia –. Scoppiò in una risatina, poi si rivolse a Lou e Scott. – Volete qualcosa da mangiare o da bere? – chiese. – Ho preparato delle bibite fresche e qualche stuzzichino in veranda.

– Molto volentieri, – rispose Scott, gioviale, arrotolandosi le maniche della camicia e chinandosi per prendere parte delle valigie.

Evidentemente, Tim aveva notato lo sguardo carico di desiderio che Amy aveva lanciato alla scuderia, perché disse a Scott: – Lascia stare le valigie, ci penserò io piú tardi. Tu vai pure in casa con Helena e Lou e rilassati. Dovete essere esausti, dopo tutte quelle ore di volo. Io porto Amy a fare un breve giro e le presento i cavalli.

Amy s'incamminò impaziente verso la scuderia

ma poi si fermò all'improvviso e si diede un colpetto sulla fronte. – Avevo promesso di chiamare il nonno subito dopo il nostro arrivo.

– Ci penso io, – disse Lou.

– Grazie. Puoi salutarmelo e chiedergli di dire a Ty che lo chiamerò presto?

– Va bene, – rispose Lou, e Amy seguí il padre verso la moderna scuderia.

– Come sta Ty adesso che è tornato dall'ospedale? – chiese lui mentre la ghiaia del vialetto scricchiolava sotto i loro piedi.

– Non si è ancora rimesso del tutto. Spero che non si sforzi troppo durante la mia assenza.

– Sono sicuro che gli hai spiegato esattamente cosa deve e cosa non deve fare, – disse Tim in tono divertito.

Amy si morse il labbro, ma non poté fare a meno di sorridere. – Solo un po', – ammise.

Mentre camminavano verso il cortile, la ragazza osservava tutto con attenzione, per cogliere ogni dettaglio.

– Quasi tutti i cavalli si stanno allenando o sono fuori nei recinti, – spiegò suo padre. – Sam sta riparando la staccionata del pascolo esterno. Alex, uno dei miei stallieri, torna oggi da un concorso di completo con

Pat e due dei cavalli che sono quasi pronti per essere rivenduti.

Amy annuí. La scuderia di suo padre sembrava proprio l'impresa professionale e ben avviata che si era immaginata.

Mentre attraversavano il cortile, Tim la precedette e accarezzò il mantello lucente di un grosso palomino che veniva strigliato da una ragazza dai capelli biondo rame. – Questo è Finn. È con noi da circa sei mesi, quindi è piú o meno a metà dell'addestramento, – disse. – Caroline si sta prendendo cura di lui.

La graziosa ragazza di scuderia smise di lavorare e sorrise a Amy, che provò un'istintiva simpatia per lei. – Chiamami Carol: Caroline è troppo lungo, – disse con uno spiccato accento australiano.

– Okay, Carol, – disse Amy con un sorriso. – Scommetto che è fantastico da montare, – aggiunse, dando a Finn una pacca sulla spalla.

– Puoi scommetterci! – disse la ragazza con entusiasmo. – È una bomba in tutte le andature e i suoi passi laterali sono un sogno.

Amy le sorrise, già sapendo che sarebbero andate d'accordo. Stava per farle altre domande su Finn quando sentí uno scalpitio di zoccoli alle spalle.

Si girò e vide una ragazza piú o meno della sua età che conduceva un cavallo baio che doveva superare il metro e settanta.

– Quello è Caspian, un Danish Warmblood importato dall'Olanda. È qui da un mese, e sta facendo sudare a Emma ogni centesimo della sua paga! – dichiarò Tim.

– Pensavo che i tuoi cavalli venissero tutti dall'Inghilterra, – disse Amy.

– All'inizio era cosí, ma negli ultimi tempi abbiamo cominciato a importarne da altri paesi europei, e anche dagli Stati Uniti.

Amy lo ascoltava solo a metà. La sua attenzione era stata attirata da Caspian, che si era arrestato di colpo e si rifiutava di avanzare; il mantello cominciava a coprirsi di un leggero strato di sudore.

– Avanti, Caspian! – La voce di Emma risuonò secca nel cortile. Mentre cercava di calmare il cavallo, lanciò loro uno sguardo sconsolato. La coda di cavallo della ragazza si stava disfacendo e lei appariva agitata e rossa in viso.

Piú Caspian scalpitava, piú aumentava la probabilità che le pestasse i piedi, pensò Amy osservando la ragazza che tentava di tranquillizzarlo e farlo avanzare. Corrugò la fronte: era insolito che un cavallo si comportasse in quel modo per semplice disubbidienza. Notò che aveva le orecchie ritte in avanti e le narici dilatate. Seguendo il suo sguardo, vide che dalla porta aperta dell'ultimo box della scuderia sporgevano una carriola e un forcone. In qualche modo, un sacco di foraggio vuoto si era impigliato sulle punte del forcone e si agitava dolcemente alla brezza. Per un animale ipersensibile come Caspian, il rumore e il movimento potevano essere estremamente irritanti.

D'istinto, Amy si avvicinò a Caspian ed Emma. – Ciao, – disse alla ragazza. – Credo di sapere cosa lo infastidisce. Ti dispiace se ci provo io?

Dopo un attimo d'esitazione, Emma le porse la longhina. – Però fai attenzione. Se gli stai davanti in quel modo potrebbe pestarti i piedi.

Amy doveva ammettere che era snervante stare davanti a un grosso animale scalpitante invece che al suo fianco, ma sapeva che se lei avesse assunto ai suoi occhi il ruolo del cavallo dominante, forse Caspian si sarebbe calmato abbastanza da seguirla.

Dandogli le spalle, cominciò a precederlo, tirando la longhina delicatamente, ma con fermezza. – Su, bello, – lo incitò senza voltarsi.

Caspian sbuffò forte, ma Amy lo ignorò e continuò

a camminare, tranquillizzandolo con la voce e tirando dolcemente la corda. La sentí allentarsi: il cavallo la stava seguendo! Quando arrivarono davanti alla porta aperta, Caspian soffiò forte dalle narici e fece uno scarto laterale, ma Amy continuò a camminare con calma finché non l'ebbero superata. Poi si girò e gli accarezzò il collo, con dolcezza. Il cavallo restò fermo, anche se Amy poteva ancora sentire la tensione nei suoi muscoli.

Emma li aveva seguiti e, senza una parola, riprese la longhina dalle mani di Amy.

– Credo che fosse solo spaventato.

– Grazie, – rispose Emma senza guardarla, accarezzando il collo di Caspian. Dopo qualche secondo, Tim e Carol le raggiunsero.

– Wow, è stato fantastico. Come sei riuscita a farti seguire da lui in quel modo? – chiese Tim.

Carol inarcò le sopracciglia. – Sí, svelaci il tuo segreto.

Amy sorrise. – Quando un cavallo ha paura, spesso ha solo bisogno di essere rassicurato. Allo stato brado, seguirebbe il capobranco oltre un ostacolo minaccioso, cosí non ho fatto altro che tenere la corda, sperando che il suo istinto naturale prendesse il sopravvento e lo spingesse a seguirmi, – spiegò.

– Be', ha funzionato, – disse suo padre compiaciuto.

– Già, – convenne Emma, schioccando la lingua e conducendo via il grosso castrone.

Mentre li guardava allontanarsi, Amy ebbe la sensazione di aver fatto qualcosa di sbagliato. Ma prima di avere il tempo di capire che cosa, Tim la portò via da Carol e la fece entrare nella selleria in fondo all'edificio.

A differenza di quella di Heartland, sempre in disordine, la selleria di Tim era grande e spaziosa, con le selle allineate lungo tre pareti e le briglie ordinatamente appese a ganci fissati al di sotto. Nell'aria aleggiava il familiare odore del sapone da sella, e Amy notò che su un tavolo in fondo alla stanza c'era un vasto assortimento di kit da strigliatura.

– Fantastico! – esclamò, volgendo lo sguardo verso l'unica parete libera dai finimenti. Era coperta da file su file di nastri blu, rossi e gialli, oltre a mensole cariche di targhe e coppe d'argento. Ma quello che attirò di piú la sua attenzione erano le fotografie.

– Pegasus! – esclamò senza fiato, avvicinandosi per vedere meglio. Era il cavallo con cui suo padre aveva avuto l'incidente che aveva messo fine alla sua carriera di fantino professionista. La madre di Amy aveva portato l'animale, ferito e traumatizzato, in Virginia e l'aveva curato con metodi alternativi fino a farlo guarire completamente.

Una foto in particolare le procurò un tuffo al cuore: ritraeva Tim e Marion accanto a Pegasus, con le orecchie ritte. In groppa al cavallo c'era una bambina che Amy riconobbe subito: era Lou. Sembravano cosí felici che le venne un nodo in gola e i suoi occhi si riempirono di lacrime. Lei e il padre si scambiarono uno sguardo pieno di comprensione.

– Su, vieni, – disse Tim con dolcezza. – Ci sono altri due cavalli che ti voglio presentare.

Amy era molto curiosa. Tim la portò dietro la scuderia, dove c'era una seconda fila di box aperti. Fece scorrere il chiavistello della prima porta e Amy rimase a bocca aperta davanti a un magnifico castrone grigio pomellato. – Come si chiama? – chiese, senza staccare gli occhi da lui. La lunga criniera e la coda argentea gli conferivano un aspetto singolare.

– Spirit, – rispose Tim. – E finché resterai qui sarà tuo.

– Davvero? – Amy non poteva nascondere la propria contentezza. Ammirò le spalle ben inclinate e gli occhi grandi e gentili dell'animale. L'istinto le diceva che era un cavallo molto speciale.

– Avrei un piccolo compito da affidarti, – ammise suo padre.

– Quanto piccolo? – chiese Amy con finta severità.

– Speravo che lavorassi un po' con lui, – rispose Tim, serio. – L'ho comprato poco piú di un anno fa. Helena se n'è innamorata, cosí ho lasciato che se ne occupasse lei.

– Non sapevo che le interessassero i cavalli, – disse Amy, stupita.

Tim annuí. – È cosí che ci siamo conosciuti. Era in Inghilterra, da un'amica. Il giorno prima di un concorso, l'amica si è rotta il polso. Helena aveva sempre cavalcato, cosí l'ha sostituita. È arrivata terza nel dressage, un posto dietro a uno stallone, padre di un puledro che avevo intenzione di comprare. Ero andato al concorso per vedere come si comportava in campo prima di prendere accordi per l'acquisto... e invece mi sono ritrovato a invitare Helena a bere qualcosa! – Scoppiò in una risatina, poi si passò una mano tra i capelli ricci.

– Fino a poco tempo fa non avevamo alcun problema con Spirit, – continuò. – È diventato un asso nel completo, e non era difficile intuire che aveva le potenzialità per arrivare al top. Ma poi l'ho iscritto a vari concorsi con diversi fantini, e le sue performance non si sono neanche lontanamente avvicinate alle nostre aspettative. Era come se avesse perso tutto l'entusiasmo. Non ci ho messo molto a capire che dà il massimo solo quando lo monta mia moglie. Tra loro si è formato un legame incredibile, che purtroppo dobbiamo troncare se vogliamo essere in grado di rivenderlo. Nelle ultime settimane, Helena ha gradualmente smesso di montarlo e speravo che tu potessi passare ogni giorno un po' di tempo con lui –. Le fece l'occhiolino. – A meno che tu non voglia prenderti una vacanza dai cavalli!

– Una vacanza senza montare? Mai! – Amy rise e si avvicinò a Spirit, che fino a quel momento li aveva osservati con curiosità. Si chinò e lo salutò soffiandogli nelle narici, come avrebbe fatto un altro cavallo. L'animale soffiò a sua volta, dimostrandole subito di averla accettata.

– È bellissimo, – disse allegramente.

– Allora è deciso. So che ti piacerà montarlo. Vedrai com'è agile –. Tim la precedette fuori dal box. – Adesso permettimi di presentarti il mio secondo progetto.

Una testa nera come il carbone faceva capolino dalla porta del box vicino.

– Questa, – disse lui, – è Mistral.

Amy pensò che non aveva mai visto un animale cosí straordinario. – È un'Andalusa, giusto? – chiese pensando ai famosi cavalli spagnoli. Non ne aveva mai visto un esemplare nero.

– È in parte Andalusa. Per l'esattezza, è un incrocio purosangue, – rispose Tim, mentre Mistral ricacciava la testa nel box. – Questa razza sta diventando piuttosto popolare in Australia: sono animali molto veloci e rendono bene. In Spagna li usano nelle corride, dunque non c'è da stupirsi che siano agili: pensa agli scarti e alle rotazioni che devono eseguire nell'arena. Stalloni di questa razza ormai sono presenti in vari stati australiani. Competono nel dressage, nel salto ostacoli e nel cross-country.

– Dov'è andata? – chiese Amy, sorpresa che Mistral si fosse ritirata. Era insolito che un cavallo reagisse cosí in sua presenza.

– È proprio questa la sua stranezza –. Tim la raggiunse sulla porta. La cavalla era rintanata all'interno del box, il piú lontano possibile da loro, con il collo chino. – È un mistero, – continuò. – Non sembra gradire affatto la compagnia umana. Ogni volta che proviamo a lavorare con lei, comincia a sudare e si agita cosí tanto che dobbiamo smettere. Mi è arrivata dalla Spagna sei settimane fa. Dovrebbe aver già iniziato l'addestramento di base, ma non siamo riusciti nemmeno ad agganciare la longhina senza agitarla. Purtroppo, posso concederle ancora qualche settimana, poi sarò costretto a rivenderla per ridurre le perdite... il che sarebbe un vero spreco di potenzialità. Pensi di poter fare qualcosa per lei?

– Ci proverò, – promise Amy. La sua mente cominciò a passare in rassegna i metodi che avrebbe potuto adottare con Spirit e Mistral. Era orgogliosa che suo padre nutrisse tanta fiducia nelle sue capacità, ma soprattutto non vedeva l'ora di stare un po' con i due cavalli, conoscerli e aiutarli a superare le loro difficoltà. Si sentiva il cuore gonfio di felicità al pensiero del mese che la aspettava. A quanto pareva, essere ospite di suo padre sarebbe stato ancora piú emozionante di quanto avesse sognato!

CAPITOLO QUARTO

Amy si affacciò alla finestra, sospirando soddisfatta. Dalla sua camera, la vista spaziava sui campi che si estendevano a perdita d'occhio. Due cavalli sauri si inseguivano giocherelloni nel recinto piú vicino. Amy sorrise guardandoli galoppare in cerchio, con la coda ritta.

– Sei pronta? – chiese Lou entrando nella stanza. – Papà e Helena hanno organizzato una festa di benvenuto per presentarci a tutti.

– Fantastico, – disse Amy, girandosi e notando che la sorella si era cambiata e indossava un paio di pantaloni beige e una camicetta in tinta.

– Ho appena aiutato Helena a mettere a letto Lily, – disse Lou. – È cosí tenera, mi ha afferrato il dito e non voleva piú lasciarlo.

Amy cercò di non pensare alla reazione della bambina

quando l'aveva presa in braccio. S'infilò una giacca e seguí la sorella al piano di sotto.

Il patio sul retro della casa era gremito di gente che chiacchierava a gruppetti, alla luce di graziose lanterne cinesi appese al soffitto. Amy e Lou furono presentate a tutte le persone che lavoravano alla scuderia del padre. Amy sorrise e rispose con entusiasmo alle loro domande su Heartland, sforzandosi di ricordare i nomi di tutti.

– Questo sí che è un banchetto! – esclamò un ragazzo alto e magro con i capelli rossi, guardando con golosità le terrine colme di patatine, pollo, salamini piccanti, salse, uova sode e fumanti pannocchie arrostite disposte su un lungo tavolo. – Di solito la sera mi accontento di pane e fagioli, – aggiunse afferrando un piatto, tutto sorridente. Amy rise.

– Com'è andato il concorso, Alex? – chiese Carol avvicinandosi.

Due piccole grinze si formarono agli angoli degli occhi azzurri di Alex. – Alla grande, grazie. Siamo arrivati primi... ma tanto lo sapevi già, vero? – annunciò.

– Sbruffone, – lo canzonò la ragazza con una smorfia.

– Solo perché porti a casa soltanto nastri gialli, non c'è

bisogno che sfoghi su di me la tua insicurezza, – ribatté Alex, scuotendo la testa con finto sdegno.

Emma, che era a qualche metro da loro, sentí il suo commento e rise. – Almeno noi sappiamo che nelle competizioni c'è qualcosa di piú importante dei premi.

Alex si finse scioccato. – Cavolate! Per fortuna Tim può contare su di me.

Tim distolse un momento l'attenzione dalla griglia e agitò in aria la paletta. – Su, su, ragazzi, – disse, – pensate di riuscire a smettere di bisticciare quel tanto che basta per mangiare?

– Puoi scommetterci! – sorrise Alex, allungando il piatto.

Tim cominciò a distribuire hamburger e salsicce. Quando raggiunse un uomo corpulento e leggermente calvo seduto un po' in disparte rispetto al gruppo, si fermò. – Sam, domani avresti un'ora libera per venire in città con me? – lo sentí chiedere Amy.

– Non c'è problema, – rispose l'uomo tra un boccone di insalata di patate e l'altro.

Carol aprí due sedie pieghevoli, una per sé e una per Amy, vicino al tepore della griglia. – Sam è un tipo di poche parole. Parla solo quando non può farne a meno, – disse sottovoce. – Anche se a volte chiede ad Alex perché insiste nel chiacchierare tanto quando ha cosí poco da dire!

Amy rise e lanciò un'occhiata ad Alex. Era il tipo di persona per cui era impossibile non provare simpatia. Stava parlando animatamente con un giovane sulla trentina con i riccioli neri e luminosi occhi azzurri che non le avevano ancora presentato.

– Quello è Pat, – disse Carol seguendo il suo sguardo.

In quel momento, si avvicinò Helena. – Hai conosciuto Spirit e Mistral? – chiese trascinando la sua sedia vicino a Amy.

La ragazza annuí.

– Che impressione ti hanno fatto? – chiese Helena, con curiosità.

– Sono entrambi molto belli, – rispose Amy, entusiasta. – Non ho mai lavorato con un incrocio di Andaluso. Non vedo l'ora di vedere Mistral in movimento: scommetto che è super scattante! Anche Spirit è magnifico. Basta guardarlo per capire che ha una personalità meravigliosa.

Helena annuí e sorrise. – Immagino che Tim ti abbia detto che era il mio cavallo.

– Sí, ha detto che l'hai fatto diventare un fuoriclasse del completo.

– Davvero? – Helena rise e inarcò un sopracciglio verso Tim. – A me non l'ha mai detto. Di solito si lamenta che lo vizio troppo.

Tutti risero, e Amy sentí l'affetto che legava la donna a suo padre. Sorrise, ma dentro di sé stava lottando con le emozioni. Non aveva ricordi dei suoi genitori insieme. Tim aveva conosciuto e sposato Helena pochi anni prima. Amy sapeva che non avrebbe dovuto sentirsi a disagio con il padre e la sua nuova moglie, ma una piccola parte di lei avrebbe voluto averlo ancora tutto per sé e Lou.

Mentre combatteva con i suoi sentimenti, notò che Helena si era girata verso Scott e gli stava chiedendo della sua conferenza. Non sentendosi piú in dovere di proseguire la conversazione, si avvicinò a Emma e le chiese come si era comportato Caspian quel pomeriggio.

– Bene, – tagliò corto la ragazza, poi si voltò subito verso Alex e cominciò a discutere del modo migliore per affrontare un percorso a ostacoli che aveva allestito quel giorno.

A Amy dispiaceva che Emma non volesse parlare con lei. Se ne domandò il motivo, tuttavia cercò di non pensarci troppo: in fondo, tutti gli altri erano cordiali e accoglienti. E poi, non vedeva l'ora di montare Spirit!

Piú tardi, quella sera, Amy chiamò Ty. Sentendo la sua voce familiare, ebbe una fitta di nostalgia.

– Allora come va? – chiese lui con calore.

– Bene, – rispose Amy, partendo subito con un milione di domande su Heartland. – Come state tu e il nonno? Marnie se la sta cavando bene? E Ben e Red? E come va con Dazzle?

– Ehi, rallenta! – Ty rise. – Stiamo tutti bene. Ben è molto soddisfatto di come sta saltando Red, e Dazzle migliora a ogni sessione. Sembra che stia finalmente cominciando a divertirsi durante gli allenamenti. Tuo nonno se la cava benissimo con tutte le istruzioni che gli ha lasciato Lou e Marnie va d'accordo con Candy.

– E gli altri cavalli? – chiese Amy trepidante.

– Amy! – disse Ty con fermezza. – Devi smetterla di preoccuparti per Heartland. Sei lí per divertirti con la tua nuova famiglia. Su, raccontami cos'è successo da quando sei arrivata.

Amy gli descrisse brevemente le persone che aveva conosciuto, poi passò a parlare dei cavalli, specialmente di Spirit e Mistral. Ty la ascoltò con attenzione. – Sembrano fantastici. Attenta però a non passare troppo tempo con loro... rischi di trascurare Tim, Helena e Lily.

Amy sospirò. Sapeva che Ty aveva ragione, ma le riusciva molto piú facile avere a che fare con i cavalli...

– Mi manchi, – mormorò.

– Anche tu.

– Ci scriviamo per e-mail, – promise, poi lo salutò e riagganciò. Tutt'a un tratto, si sentiva molto piú di buon umore.

Il mattino seguente, al risveglio, Amy scoprí di aver dormito per dodici ore filate. Non ricordava piú l'ultima volta che aveva riposato tanto. Il lungo viaggio doveva averla stancata. Si vestí rapidamente e scese appena in tempo per salutare Scott, in partenza per il suo convegno.

Lui e Tim stavano caricando le valigie sul furgone. Lou era lí vicino.

– Fatto, – disse Scott scostandosi i capelli dalla fronte. All'improvviso, scorse Amy. – Pensavo che non ti saresti piú svegliata! – disse con un sorriso, poi si girò per abbracciare Lou.

Tim gli tenne la portiera aperta. – Grazie di tutto, – disse Scott stringendogli la mano.

– Figurati, – rispose Tim. – Quando torni, mi interesserebbe sapere com'è andata.

Pat accese il motore e, mentre il furgone si allontanava, Amy notò lo sguardo malinconico della sorella. – Tornerà presto, – disse stringendole affettuosamente il braccio.

– Lo so –. Lou si sforzò di apparire piú allegra. – In ogni caso, ho splendidi programmi per oggi. Helena e io portiamo Lily in città, poi in un ranch vicino. Vieni con noi?

Amy ci pensò un momento, ma desiderava andare alla scuderia e vedere i cavalli. Scosse la testa. – Mi piacerebbe molto, ma...

– Lo so, lo so, – rise Lou. – Vuoi vedere Spirit e Mistral.

Amy sorrise. – Magari possiamo fare una passeggiata a cavallo questo pomeriggio? – propose.

– Mi sa che staremo via per gran parte della giornata. Ma sono sicura che presto ne avremo l'occasione, – promise Lou.

In quel momento, sentirono dei passi sulla ghiaia: era Helena. – Che ne dite di una bella colazione sostanziosa per iniziare la giornata? – chiese con un sorriso. – Ho preparato uova, pancetta e patate fritte con la cipolla.

Tornarono in casa. Mentre Lou e Helena chiacchieravano allegramente dei loro programmi per la giornata, Amy pensava a Spirit e Mistral.

Amy decise di lavorare prima con Mistral. Quando entrò nel box con la longhina in mano, la grande cavalla nera sbuffò nervosa e si rifugiò nell'angolo piú lontano. Guardandola, Amy si morse il labbro. Aveva occhi grandi, luminosi e distanti l'uno dall'altro, segno di un temperamento gentile. Era strano che fosse cosí irrequieta con le persone. Tim le aveva assicurato che non era mai stata maltrattata e che l'unico suo precedente proprietario aveva una buona reputazione.

Amy agganciò la longhina sussurrandole parole rassicuranti, quindi la condusse in uno dei tondini d'addestramento dietro il ranch. Emma stava allenando un imponente sauro lungo un percorso a otto ostacoli in un altro recinto e Amy si fermò a guardarla. Il cavallo e la ragazza si muovevano in perfetta sincronia. Amy si rese conto che era un'abilissima amazzone: guidava il giovane animale con la giusta dose di stimoli e controllo.

Mistral cominciò a innervosirsi e Amy la condusse al centro del maneggio coperto. Sapeva che il join-up era il modo migliore per conquistare la sua fiducia e iniziare il processo di recupero. Sganciò la longhina e la cavalla si allontanò subito da lei. Era chiaro che non desiderava intrusioni nel suo spazio personale.

Amy schioccò la longhina e l'animale sfrecciò verso il perimetro del maneggio. Sui suoi fianchi si stavano già formando delle chiazze di sudore. La ragazza agitò di nuovo la corda e Mistral cominciò a galoppare intorno al recinto. Dopo qualche minuto, Amy iniziò a preoccuparsi: la cavalla non accennava a calmarsi. Teneva la coda rigidamente abbassata, gli occhi erano strabuzzati per la tensione e le narici dilatate. Amy perseverò, sperando che presto avrebbe dato segno di volerla raggiungere al centro del tondino. Ma era chiaro che Mistral si stava stancando molto. Ansimava e galoppava sempre piú lentamente.

– Non mi sembra molto in forma, – disse Emma, che stava osservando la scena dal cancello, facendole perdere la concentrazione.

Amy si voltò a guardarla e Mistral approfittò della sua distrazione per fermarsi all'estremità opposta del maneggio. La ragazza sospirò rassegnata. Sapeva che ormai era meglio concludere la sessione. Mistral era troppo stanca per ricominciare tutto daccapo. Mentre andava a prenderla, notò che Emma le lanciava un'occhiata di disapprovazione.

Seccata, la guardò allontanarsi. – Non ha idea di quello che stavo cercando di fare, vero? – mormorò alla giumenta avviandosi verso il cortile. - Il problema, - aggiunse tristemente, - è che non lo sai nemmeno tu.

Dopo aver governato Mistral, Amy andò a prendere i finimenti di Spirit. Il cavallo la guardò con interesse e la ragazza tirò un sospiro di sollievo: almeno lui sembrava contento alla prospettiva di essere montato.

Dopo il riscaldamento, cominciò a fargli fare dei semplici esercizi. Spirit li eseguiva con disciplina, ma senza entusiasmo. I suoi movimenti erano svogliati e privi di vivacità; era come se rifiutasse di lavorare in squadra con lei.

Per quanto Amy lo incoraggiasse con la voce, le sue orecchie si muovevano a malapena. - Vediamo come salti, - gli disse portandolo verso un ostacolo di prova al centro del tondino. Ma non ci fu nessuno scatto entusiasta, come di solito succedeva con gli altri cavalli. Se Spirit fosse stato un essere umano, avrebbe saltato sbadigliando.

Quando Amy tornò in cortile, Tim la stava aspettando. - Com'è andata? - chiese aprendole la porta del box.

- Mmm, - rispose Amy. - Avevi ragione riguardo

alla sua mancanza di entusiasmo –. Smontò di sella e fece entrare Spirit nel box.

– Dagli un po' di tempo, – le consigliò il padre.

Amy annuí. – Se ti faccio una lista, in città c'è un'erboristeria dove potresti procurarmi delle erbe ed essenze naturali? – chiese.

– Credo di sí, – rispose Tim. – Lascia fare a me.

Amy mangiò dei panini che Helena, premurosa, le aveva lasciato per pranzo. Poi decise di tornare in cortile per vedere se c'era qualcos'altro che poteva fare.

Fuori dalla scuderia trovò Emma, intenta a pulire gli zoccoli di Caspian. Amy decise di fare uno sforzo. – Ciao, – gridò. – Vuoi una mano?

– Grazie, me la cavo da sola, – tagliò corto la ragazza, e prima che Amy potesse ribattere, aggiunse: – Non faresti meglio a controllare come stanno i tuoi cavalli invece di preoccuparti dei miei? Stamattina Mistral era in un tale stato che immagino abbia bisogno di una seconda strigliata.

Amy si sentí avvampare. – Qual è il tuo problema? – chiese indignata, ma Emma la ignorò, slegò Caspian e lo condusse verso i recinti.

Mentre la guardava allontanarsi, Amy sentí un movimento alle sue spalle.

– Alex e io stiamo uscendo a cavallo, – disse Carol, sorridente. – Se ti va di venire, potresti montare Jinx. Mi risparmieresti una sessione d'allenamento, e poi gli farà bene cominciare ad abituarsi a cavalieri diversi.

Amy non sapeva se la ragazza aveva sentito lo scambio scortese tra lei ed Emma, ma il suo atteggiamento amichevole le procurò un immediato sollievo. – Molto volentieri, – disse con calore.

Dopo dieci minuti, i tre trottarono fuori dal cortile. Alex montava un grosso castrone nero di nome Zeus. – Gli abbiamo già trovato un compratore, – disse dandogli una pacca sul collo.

– È in gran forma, – osservò Amy. Il cavallo non aveva un grammo di grasso superfluo e le sue condizioni fisiche erano eccellenti.

– Grazie. Allora, signorina, se la sente di affrontare il nostro percorso di cross-country o preferisce qualcosa di piú tranquillo? – le chiese il ragazzo, esagerando il suo già marcato accento australiano.

Amy rise, felice alla prospettiva di far saltare Jinx.

Ne aveva proprio bisogno dopo quella mattinata difficile.
– Certo che me la sento, – disse con entusiasmo.

– Il percorso comincia subito oltre quegli alberi a destra, – indicò Carol. – Jinx è un gran saltatore, ma a volte è un po' insicuro nell'approccio, perciò ha bisogno di sentire la tua presenza in ogni fase del salto.

Amy annuí e diede una pacca rassicurante sul collo dorato del cavallo, quindi accorciò le cinghie delle staffe.

Mentre attraversavano una radura, Amy vide l'inizio di un piccolo percorso di cross-country che si estendeva su due campi, per poi continuare in lontananza.

– Nessun ostacolo supera il metro, – la informò Alex.

Amy annuí.

– Se mi lasci andare avanti di un ostacolo e mi segui, non avrai problemi.

Dopo aver controllato i sottopancia, riscaldarono i cavalli. Quando Alex si staccò dal gruppo per affrontare il primo ostacolo, un enorme tronco caduto, Jinx sbuffò e si lanciò in avanti, impaziente. Amy lo calmò chiedendogli gentilmente, ma con fermezza, di accettare il morso, quindi lo spronò.

Il cavallo volò oltre il tronco con uno scatto potente e Amy avvertí una scarica d'adrenalina. Dovette imporsi di trattenerlo al canter, invece di lasciarlo galoppare come entrambi avrebbero voluto. – Piano, bello. Forse tu conosci già la strada, ma io no, – mormorò mentre un oxer si profilava davanti a loro.

Finirono il percorso in un lampo, senza nessuna incertezza da parte di Jinx. Sotto la guida di Amy, superò tutti gli ostacoli con un entusiasmo che le tolse il fiato. – È stato incredibile! – esclamò euforica fermandosi vicino ad Alex.

– A vedervi, si direbbe che siete pronti a rifarlo un'altra volta, – rise il ragazzo quando Carol li raggiunse al piccolo galoppo.

– Jinx è andato alla grande con la tua guida, – disse Carol a Amy.

– Già, è stato fantastico!

S'incamminarono a passo lento verso la scuderia per far raffreddare i cavalli.

– A casa avete un percorso di cross-country? – chiese Alex.

Amy sorrise, pensando alle semplici strutture di Heartland. – Tutto quello che abbiamo è finalizzato alla riabilitazione dei cavalli che accogliamo. Abbiamo alcuni ostacoli in uno dei recinti, ma per lo piú lavoriamo in piano.

– Tim ha detto che usate molti metodi alternativi, – osservò Carol.

– A me pare un po' una perdita di tempo, – commentò Alex. – Senza offesa, eh, – si affrettò ad aggiungere, quando Carol lo fulminò con lo sguardo.

– Figurati. Ben, uno dei nostri stallieri, la pensava allo stesso modo quando ha cominciato a lavorare da noi, – sorrise Amy. – Ma dopo aver visto i risultati si è convertito ai nostri metodi.

– Certo, tuo padre ritiene che abbiano molti vantaggi, – ammise Alex. – Parla spesso del tuo lavoro a Heartland.

Amy provò un impeto d'affetto. – Davvero? – Non poteva fare a meno di sentirsi compiaciuta. L'opinione di suo padre contava molto per lei.

– Sí. Sostiene che ti stai facendo un'ottima reputazione in Virginia.

– Non sono sola, – precisò svelta Amy. – Non potrei farcela senza Ty, Ben, Lou e il nonno... siamo una squadra.

– Proprio come noi, – disse Carol. – Credo che il motivo principale per cui otteniamo risultati cosí buoni con i cavalli sia perché lavoriamo bene insieme.

Amy restò in silenzio, riflettendo sulle parole della ragazza. Benché tutti a Heartland l'avessero incoraggiata a visitare il ranch di suo padre, si sentiva a disagio.

– Tutto okay? – chiese Carol mentre entravano in cortile.

Amy notò il suo sguardo preoccupato e pensò di nuovo a quanto era gentile. – Il fatto è che mi sento in colpa per aver lasciato tutto il lavoro agli altri, a casa, mentre io sono qui.

– Ti capisco. Quando vado via, anche solo per un weekend, non vedo l'ora di tornare. Dopotutto, nessuno sa prendersi cura dei miei cavalli come me! – scherzò, poi d'un tratto si fece seria. – Però non dovresti sentirti in colpa. Il tuo lavoro a Heartland è fantastico, ma nella vita ci sono altre cose importanti... come la famiglia.

Amy annuí. Sapeva che Carol aveva ragione, ma dalla morte di sua madre si era dedicata a Heartland con tutta se stessa. E adesso le riusciva difficile fare qualcosa di diverso.

Dopo essersi lavata e cambiata, Amy scese in cucina e trovò Lou che giocava con Lily sul seggiolone. Helena stava preparando il sugo e lei si offrí di apparecchiare la tavola.

– A dir la verità l'ho già preparata in veranda.

Ma sarebbe fantastico se potessi dare la cena a Lily... è nella sua scodella, sul tavolo, – rispose la donna.

Amy guardò la scodella di plastica verde, poi la bambina, che la stava fissando. Prese la scodella.
– Volentieri, – rispose con una certa apprensione, sedendosi accanto a Lily.

– Com'è andata la giornata? – chiese Lou, alzandosi per riempire una pentola d'acqua bollente.

– Ehm, bene, – rispose Amy distrattamente, cercando di convincere Lily a mangiare una specie di pappetta gialla dall'aspetto disgustoso... soprattutto mentre colava dalla sua bocca.

– Tieni –. Helena sorrise e le passò un tovagliolo.

Amy si sforzò di non fare una smorfia mentre puliva la bocca di Lily. Sfortunatamente, piú puliva, piú la pappa sembrava ricoprire la faccia della bambina. Come se non bastasse, la piccola cominciò a tirare il tovagliolo, sporcandosi tutte le manine.

– Com'è andata la sessione con i cavalli? – chiese Helena.

– Non benissimo, ma all'inizio è quasi sempre cosí, – rispose Amy. Per qualche motivo, si sentiva un po' sulla difensiva, ma né Lou né Helena parvero accorgersene.

– Ho sempre visto che Spirit rispondeva bene quando gli spiegavo cosa stavamo per fare prima di passare ai comandi, – disse Helena. – Cosí sentiva di far parte di una squadra, non di dover solo ubbidire ai miei ordini.

Amy provò un moto di risentimento verso i consigli della donna. Corrugò la fronte. Non sapeva cosa le desse fastidio; di solito apprezzava i suggerimenti delle altre persone sui cavalli con cui lavorava. Probabilmente era il jetlag, pensò volgendo di nuovo l'attenzione a Lily.

Cercò di risvegliare il suo interesse per il cibo parlandole. – Mmm, Lily, guarda che buon bocconcino ho qui per te, – disse. Ma la bambina serrò le labbra e si rifiutò di mangiare ancora.

– Mi dispiace, – disse Amy, – non la vuole proprio.

– Tu pensa agli spaghetti, – intervenne Lou prendendo il suo posto. Finse che il cucchiaio fosse un aeroplano e lo fece volare verso Lily, che rise e spalancò la bocca.

Mentre Lou e Helena chiacchieravano tranquille, Amy si concentrò sugli spaghetti. «Dove sbaglio con Lily?» pensò, guardando la bambina che sorrideva felice alla sorella.

Con un sospiro cercò di ignorare la vocina che le sussurrava che forse, nella nuova famiglia di suo padre, non c'era posto per lei.

CAPITOLO QUINTO

Dopo un paio di giorni al ranch di suo padre, Amy riuscí a trovare il tempo per scrivere a casa. Si appoggiò allo schienale della sedia e rilesse le ultime righe della mail per Soraya. *Temo che creare un legame con Spirit sarà altrettanto difficile che con Mistral. Spero solo di riuscire a cambiare le cose prima della mia partenza.*

Stava per aggiungere un'altra frase quando sentí aprirsi la porta della camera della sorella. Lasciò il computer e si affacciò in corridoio.

– Buongiorno, – disse Lou.

– Ciao. Sto finendo di scrivere una mail, poi, dopo colazione, monterò Spirit e Mistral. Vuoi che te li presenti?

– Mi piacerebbe molto, – disse Lou, con entusiasmo. Poi si diede un colpetto sulla fronte. – Oh, avevo dimenticato! Mi dispiace, ma ho promesso a Helena che stamattina avremmo fatto una camminata insieme. Metteremo Lily nel passeggino e saliremo fino a un punto panoramico nei dintorni. Perché non vieni con noi?

– Verrei volentieri, – disse Amy, dispiaciuta, – ma stamattina avevo intenzione di concentrarmi su Spirit e Mistral. Ho bisogno di fare una sessione di join-up con Mistral; ieri non è andata molto bene.

Lou la guardò comprensiva.

– Troverò un po' di tempo per Lily, – promise Amy. – Ci tengo a conoscerla meglio.

– Cominciavo a pensare che per attirare la tua attenzione dovesse farsi crescere la coda e la criniera, – sospirò Lou.

Amy si sentí un po' in colpa. Poi notò il luccichio malizioso negli occhi della sorella, ed entrambe scoppiarono a ridere.

– Avresti potuto impegnarti un po' di piú, – mormorò Amy riportando Spirit nel suo box. Anche quel giorno si era comportato in modo impeccabile, ma senza alcun entusiasmo per le attività che gli aveva chiesto di svolgere. Aveva sfiorato con gli zoccoli il palo superiore di quasi tutti gli ostacoli, e anche nel lavoro in piano non aveva dimostrato alcuno zelo. – Devi sforzarti di piú, – gli disse con severità.

Spirit le strofinò la testa sul braccio.

– Okay, okay, – sospirò Amy. – Messaggio ricevuto.

Quando entrò nel box di Mistral, la cavalla la guardò con sospetto ma, per la prima volta, non indietreggiò davanti a lei. Prima di colazione, Amy l'aveva strigliata a lungo e il suo mantello nero splendeva. Verso la fine, la cavalla aveva cominciato a rilassarsi e Amy voleva ricreare quell'atmosfera prima di portarla nel maneggio. Si versò sulle mani qualche goccia di olio essenziale di lavanda e cominciò a massaggiarla, confidando nelle sue proprietà rilassanti.

Dopo cinque minuti, le infilò la cavezza. La cavalla s'irrigidí immediatamente. – Tranquilla, – sussurrò Amy ricominciando a tracciarle dei piccoli cerchi sul collo, finché non sentí i muscoli sciogliersi. – Okay, bella, andiamo, – disse alla fine, conducendola fuori dal box.

Al centro del maneggio, Amy la liberò e le diede un leggero colpetto sui quarti posteriori per allontanarla verso il bordo del recinto. La cavalla nera cominciò a trottare e

Amy assunse un atteggiamento aggressivo per incoraggiarla a galoppare. Mistral completò cinque giri del maneggio, poi Amy le fece cambiare direzione. Ci volle un po' di tempo, ma alla fine l'animale iniziò a dare segni di volerla raggiungere al centro del tondino. La ragazza si mise di profilo e abbassò lo sguardo. Mistral doveva sentire che non rappresentava una minaccia. La sentí rallentare, quindi fermarsi. Poi arrivò il suono che Amy aspettava: lo scalpiccio sordo degli zoccoli sulla sabbia mentre Mistral si avvicinava a lei.

– Brava, piccola, – bisbigliò cominciando a camminare, seguita da Mistral. Avrebbe voluto farle un po' di coccole, ma sapeva che la cavalla si sarebbe sottratta alle sue attenzioni, cosí si limitò a riagganciare piano la longhina alla cavezza e s'incamminò verso il cortile. Mentre usciva dal recinto, notò che Emma la stava osservando. Non sapeva da quanto tempo fosse lí, ma quando alzò una mano per salutarla, la ragazza si voltò di scatto e se ne andò. Amy sospirò. Cominciava a domandarsi se lei ed Emma sarebbero mai andate d'accordo.

Dopo aver liberato Spirit e Mistral, Amy tornò a casa. Lou stava spingendo dolcemente Lily su un'altalena che

Tim aveva ricavato da un vecchio pneumatico. Aveva aggiunto la testa, la coda e la sella in modo che la gomma sembrasse un cavalluccio a dondolo e la bambina rideva felice a ogni spinta.

Vedendola, Lou si fermò. – Com'è andata con i cavalli? – chiese.

Prima che Amy potesse raccontarle dei suoi progressi con Mistral, Lily gridò: – Ancoa, Uuh, ancoa.

– Uuh? – chiese Amy alzando un sopracciglio.

– È cosí che mi chiama, – disse Lou timidamente. – Ha cominciato stamattina.

La porta a zanzariera sbatté e sulla veranda apparve Helena con due terrine d'insalata. – Ciao, – disse sorridendo. – Tim si sta facendo la doccia, pranzeremo non appena sarà pronto.

– Meglio che vada a lavarmi anch'io, – disse Amy. – Ci metterò un attimo.

Al suo ritorno, Tim era seduto al tavolo e beveva un bicchiere d'acqua. Era la prima volta che pranzava con loro. Amy non aveva immaginato quanto sarebbe stato impegnato. Pensò alla mole di lavoro che lei sbrigava a Heartland, e si rese conto che per suo padre doveva essere lo stesso.

Tuttavia, decise che avrebbe cercato di passare piú tempo con lui.

– Ciao, – disse Tim alzando lo sguardo. – Com'è andata oggi?

– Bene, grazie, – rispose Amy, allegra, poi gli raccontò di Mistral.

Tim la ascoltò con attenzione. – Molto bene, – disse con calore quando ebbe finito.

– È solo un primo piccolo passo.

– Ma almeno è nella direzione giusta, – intervenne Helena. Guardò Amy e Tim. – Che ne dite di una passeggiata a cavallo, piú tardi? Lou si è offerta di tenere Lily. Potremmo scendere fino a Fiddler's Creek.

– Ottima idea. Ho giusto un po' di tempo libero questo pomeriggio, – disse Tim con entusiasmo. Si girò verso Lou. – Sicura che non ti dispiaccia? – le chiese. – Non sei ancora montata a cavallo.

– Nessun problema, – lo rassicurò Lou. – Lily e io ci dedicheremo alla pittura con le dita.

Amy guardò la sorella e rimase colpita dal suo aspetto felice e rilassato. Gli occhi azzurri brillavano e il caldo sole australiano aveva già donato alla sua pelle una tonalità piú ambrata.

– Grazie, Lou, – disse con calore. – Magari possiamo montare insieme domani.

– Per me va bene, – rispose Lou sollevando Lily dal seggiolone. – Andiamo a cercare il tuo grembiulino, – disse tutta sorridente mentre la piccola tendeva le braccine verso di lei.

All'improvviso, Amy ricordò la sua promessa di dedicare un po' di tempo a Lily. «Cercherò di fare qualcosa con lei domani» pensò.

Mentre Amy stringeva il sottopancia di Spirit, Tim e la moglie arrivarono con i loro cavalli. Vedendo Helena, Spirit s'irrigidí, lanciò un lungo nitrito e tese il collo verso di lei.

Amy notò l'espressione frustrata della donna mentre gli accarezzava il muso, per poi girarsi dall'altra parte. Era chiaro che le sarebbe piaciuto dedicargli piú attenzioni. Amy provò un improvviso moto di compassione per lei. Sapeva cosa significasse sviluppare un legame profondo con un cavallo… e quanto per lei dovesse essere terribile mantenere per forza le distanze.

– Che magnifica giumenta, – le disse, cercando di alleggerire l'atmosfera.

– Grazie –. Helena sorrise, accarezzando il collo

satinato della sua piccola cavalla. – Si chiama Lace. È di razza araba.

– Pronte? – le interruppe Tim mentre il suo grosso castrone cominciava a saltellare sul posto.

Amy balzò agilmente in sella e accorciò le redini. – Pronta.

Dopo meno di un'ora, raggiunsero il torrente. Mentre i cavalli si chinavano per bere, Helena si complimentò con Amy per la sua abilità in sella. – Spirit si comporta molto bene con te, – disse.

– Ma non in allenamento, – rispose la ragazza con una smorfia che fece ridere Helena.

– Ho la sensazione che ce la farai con lui... devi solo tener duro, – la incoraggiò con un sorriso.

– Grazie –. Guardando i suoi sinceri occhi castani, Amy provò per la prima volta un moto di simpatia per lei.

Mentre si avviavano verso il ranch lungo il tortuoso sentiero fiancheggiato dagli alberi, Amy pensò che sarebbe stato bello se fosse riuscita ad andare d'accordo con Helena come sua sorella. «Perché Lou si intende cosí bene con lei, e io no?» si domandò, spostando la criniera di Spirit in modo che ricadesse tutta da un lato del collo. Sospirò.

Gli unici momenti in cui si sentiva davvero a suo agio nel ranch del padre erano quelli che trascorreva con Spirit e Mistral.

Tornati al ranch, dopo aver governato i cavalli, Helena propose di bere qualcosa di fresco sulla veranda. Mentre si avvicinavano alla casa, Lou e Lily li salutarono con la mano. Tim allargò le braccia, sorridente.

– Come sta la mia principessa? – chiese issandosi la bambina sulle spalle.

Lily si mise a strillare, euforica, e tese le braccine verso la madre.

Helena la recuperò e la posò a terra. – Perché non stai un po' in braccio a Amy mentre la mamma va a prendere da bere?

All'improvviso, Amy si ricordò della promessa di passare piú tempo con Lily. Le si avvicinò e sorrise.

– Vuoi che ti spinga un po' sull'altalena? – chiese gentilmente.

La piccola la fissò per un momento, tutta seria, poi alzò le braccine. Felice, Amy la mise sull'altalena e cominciò a spingere. Mentre Lily oscillava avanti e indietro ridacchiando contenta, Amy si stupí di quanto le piacesse stare con la sorellina. Dopo qualche minuto, la porta a zanzariera si aprí e Lou apparve con un vassoio pieno di bicchieri.

– Uuh, Uuh, – gridò Lily non appena la vide, agitandosi sul sedile dell'altalena. Amy smise subito di spingere e la prese in braccio, ma prima che potesse fare qualcosa la piccola si divincolò. – Uuh! – chiamò di nuovo.

Lou si avvicinò e la prese in braccio. – È solo perché ho passato piú tempo con lei, tutto qui, – disse per consolare Amy.

La ragazza annuí, ma dentro di sé era delusa. Aveva appena cominciato a considerarsi parte della famiglia, e adesso si sentiva di nuovo un'estranea.

Quella sera, dopo che Lily fu andata a letto, Tim invitò Amy nel suo studio e tirò fuori un dvd dalla libreria. – Ti darà un'idea di cos'è capace Spirit, – spiegò. – Ho ripreso Helena durante un'eliminatoria. Guarda, e poi dimmi cosa ne pensi.

Spense la luce e fece partire la registrazione. Amy si chinò in avanti per concentrarsi meglio sullo schermo.

Anche se si trattava di una prova per principianti, dal suo primo ingresso in campo all'uscita non c'erano dubbi riguardo alle notevoli potenzialità di Spirit. L'unica parola che venne in mente a Amy per descriverlo era «sfavillante». Eseguiva ogni movimento con un ardore che, al confronto, faceva apparire gli altri cavalli lenti e privi di vitalità.

Amy guardò il video tre volte, notando come Helena e Spirit sembravano sapere ciascuno quello che pensava l'altro. Il legame tra loro era tangibile.

– Allora? – chiese Tim alla fine. – Pensi di poterlo rimettere in carreggiata?

– Non lo so, – ammise Amy sincera. – La sua performance nel video è straordinaria –. Guardò il padre, pensierosa. – Credo che il primo passo sia fare in modo che stabilisca un legame con me... non troppo stretto, però, altrimenti ci ritroveremmo di fronte allo stesso problema! – Sorrise. – Il passo successivo sarà farlo montare da fantini diversi. Cosí non potrà affezionarsi troppo a un'unica persona –. Mentre parlava, si sentí pervadere da un nuovo ottimismo. Era sicura di poter risolvere i problemi di Spirit, e non vedeva l'ora di lavorare di nuovo con lui.

Il mattino seguente, prima di colazione, Amy passò un'ora a strigliare Mistral. Quando fu rilassata, la portò nel tondino d'addestramento.

Notò che suo padre ed Emma si avvicinavano alla staccionata per assistere alla sessione e, mentre agganciava la longhina alla cavezza, esortò silenziosamente la cavalla a collaborare. Mistral si agitò, irrequieta.

– Va tutto bene, – la tranquillizzò, quindi la allontanò da sé.

Schioccò la lingua per farla camminare in circolo, ma la giumenta rifiutò di muoversi. Strabuzzava gli occhi e teneva le orecchie appiattite contro la testa. Amy schioccò leggermente la frusta, ma la cavalla fece qualche passo indietro e s'impennò. Amy strinse forte la corda, con il terrore che potesse cadere e farsi male.

Quando Mistral tornò con le zampe a terra, Amy le si avvicinò, tranquillizzandola con la voce. Sudava copiosamente. – Va tutto bene, tutto bene, – disse staccando rapidamente la longhina.

Non appena fu libera, la cavalla galoppò via sbuffando. Amy pensò in fretta a cosa fare. Non voleva sconvolgerla ancora di piú, ma non poteva concludere la sessione su una nota cosí negativa. Se l'avesse fatto, sapeva che la volta successiva Mistral se ne sarebbe ricordata, e ciò avrebbe seriamente compromesso il futuro lavoro con lei.

Amy sapeva che doveva assumere il controllo della

situazione. Si posizionò di nuovo al centro del maneggio e, usando il frustino, ordinò a Mistral di girare intorno alla pista circolare a un trotto controllato. Le fece cambiare direzione due volte, ribadendo il fatto che era lei che comandava.

Dopo cinque minuti, si ritenne soddisfatta e permise alla cavalla di fermarsi.

– Brava, – disse suo padre tenendole aperto il cancello.

Amy era cosí assorbita da Mistral che si era completamente dimenticata che lui ed Emma la stavano guardando.

– Non credevo che saresti riuscita a farla collaborare dopo il tentativo con la longhina, invece hai fatto la cosa giusta, – aggiunse Tim guardando l'animale.

– Papà, sei sicuro che non sia mai stata maltrattata? – chiese Amy.

Lui scosse la testa. – Me l'ero chiesto anch'io, – ammise. – Però l'ho comprata non ancora montata, e da una buona scuderia. So che in certi posti domano i cavalli con le maniere forti, ma non può essere il suo caso, dato che finora è stata solo condotta a mano.

Mentre s'incamminavano verso il cortile, Emma li raggiunse.

– Ho chiesto a Emma di venire con me perché ho una proposta da farvi, – disse Tim guardando la figlia. – Ce la fai a lavorare sia con Spirit che con Mistral?

Amy non sapeva cosa c'entrasse con la ragazza, ma rispose: – Certo, papà, a casa sono abituata a fare molto di piú. Anzi, mi piacerebbe poter lavorare di piú alla scuderia.

– Perfetto –. Tim sorrise. – Speravo che potessi passare un po' di tempo con Emma e Caspian, e magari mostrarle alcuni dei metodi che usate a Heartland. In questo modo, lei potrà insegnare quello che avrà imparato al resto dello staff. Ho intenzione di cominciare ad adottare alcuni metodi alternativi con i miei cavalli.

Dall'espressione inorridita di Emma, Amy intuí che la proposta di suo padre era una sorpresa anche per lei. Tim attendeva la sua risposta. – Nessun problema, purché Emma sia d'accordo, – replicò cauta.

Tim guardò la ragazza, che stava giocherellando con una ciocca della criniera di Mistral. – Per me va bene, – disse con voce piatta, senza alzare lo sguardo.

Tim non parve accorgersi che c'era qualcosa che non andava, ma Amy aveva seri dubbi. «Emma mi ha fatto chiaramente capire di non voler avere niente a che fare con me, – pensò. – Come farò a superare la sua diffidenza?»

Quando Amy e Tim tornarono in cortile, Helena uscí dall'ufficio. – Sessione produttiva? – chiese a Amy.

– Non delle migliori, – rispose mesta la ragazza.

Helena le sorrise, poi si rivolse a Tim. – Ho dovuto riorganizzare parte dei programmi dei prossimi giorni, – disse. – Hanno spostato la data della consegna del nuovo cavallo. Arriverà dopodomani.

Tim corrugò la fronte. – Ma noi saremo all'asta.

Helena annuí. – Nessun problema. Ho chiesto a Sam di andare a prenderlo.

– Grazie –. Tim le sorrise.

Helena chiuse la porta dell'ufficio. – Oggi la colazione la prepara Lou, – disse. – Spero che abbiate fame.

Quando furono seduti a tavola davanti a uova strapazzate, pancetta e salsicce, Helena chiese a Amy: – Perché non è stata una delle tue sessioni migliori con Mistral?

– Ha reagito piuttosto male quando ho provato a lavorare con la longhina, – ammise lei.

– Immagino però che tu sia abituata alle battute d'arresto, da quello che mi ha detto Tim del tuo lavoro, – disse la donna con interesse.

Amy stava per descriverle alcuni dei cavalli problematici

con cui aveva lavorato, quando Lily si rovesciò addosso il succo d'arancia. Helena fu distratta dalle sue grida e Amy si ritrovò a pensare alla richiesta del padre di aiutare Emma con Caspian. Si sforzò di capire il motivo della freddezza della ragazza. Con Alex e Carol era molto diversa, dunque doveva trattarsi di una questione personale.

– Qualcosa non va? – le chiese Lou guardandola preoccupata.

All'improvviso, Amy si rese conto che anche Tim la stava osservando. – Niente, – tagliò corto. L'ultima cosa che voleva era creare problemi nella scuderia di suo padre.

Lou non sembrava convinta, ma non insistette. – Piú tardi, questa mattina, mi piacerebbe venire a vedere Spirit e Mistral... se per te va bene.

– Certo che va bene! – rispose Amy, rincuorata. Aveva proprio voglia di stare un po' con sua sorella.

Amy aveva legato Spirit a un anello in cortile e stava portando fuori Mistral quando Lou uscí dall'ufficio di Tim, un box riconvertito in fondo alla scuderia.

Amy fece camminare la cavalla in cerchio, fiera del suo mantello nero e lucido e della sua criniera lunga e setosa, ma Lou era piú interessata a Spirit. Dopo aver dato una pacca distratta a Mistral, gli si avvicinò. – È magnifico, – disse con entusiasmo. – Helena mi ha parlato molto di lui.

– È fantastico da montare, – disse Amy. – Perché non facciamo un giro insieme? Tu puoi cavalcare Spirit, io chiederò a papà se posso prendere uno degli altri cavalli.

Spirit soffiò forte sui capelli di Lou, che scoppiò a ridere. – Mi piacerebbe molto.

Amy era contenta. Lou aveva ricominciato da poco a montare. Da bambina adorava i cavalli, ma in seguito l'incidente del padre e il suo successivo distacco dalla famiglia l'avevano profondamente traumatizzata. D'un tratto era stata assalita da un forte timore per i cavalli e aveva perso ogni fiducia nelle proprie capacità in sella. Amy sperava che montare Spirit l'avrebbe aiutata a riacquistare sicurezza e a superare le sue paure.

Quando Tim si avvicinò, Amy gli chiese se poteva prendere uno dei cavalli per una passeggiata.

– Certo, – rispose lui. – Se ti va puoi prendere Lace. Non credo che Helena abbia in programma di montare oggi –. Sembrava felice di sapere che Lou l'avrebbe accompagnata. – Mi piacerebbe molto venire con voi, ma ho una montagna di pratiche da sbrigare, – disse con rammarico.

– Vado un attimo a casa a cambiarmi. Poi possiamo andare, – disse Lou. Mentre si allontanava, Mistral girò la testa e la guardò. Amy se ne stupí: non l'aveva mai vista mostrare interesse per nessuno. Scrollò le spalle e la riportò nel suo box; forse era stata solo una coincidenza.

Mentre uscivano dal cortile, Lou sospirò felice. – È meraviglioso, – dichiarò ammirando i campi fiancheggiati dagli alberi.

– Ti va di andare fino a Fiddler's Creek? – propose Amy. – Ci sono stata ieri con Helena e papà. È una bellissima passeggiata.

– Per me va bene, – acconsentí Lou. – Sai, credo che questa sia la piú bella vacanza che abbia mai fatto in vita mia. Accanto a papà, ho la sensazione di recuperare in parte tutti gli anni in cui sono stata lontana da lui. E sono davvero contenta che abbia sposato Helena... è una persona buona e affettuosa.

Amy rimase in silenzio mentre la sorella parlava con entusiasmo del padre e della sua nuova famiglia. Pensò a come Lou gli era stata legata fino ai dodici anni, mentre lei lo aveva conosciuto solo nei primissimi anni della sua vita.

Adesso, in quel ranch, si rendeva sempre piú conto di quanto aveva perso.

– Che ne pensi di Lily? – chiese Lou, interrompendo i suoi pensieri.

– È tenera –. Amy pensò alla sua risata gorgogliante mentre la spingeva sull'altalena. Poi ricordò che era voluta scendere per andare da Lou e si ripromise ancora una volta di trascorrere piú tempo con lei.

– Ti va di passare al galoppo medio? – chiese, cambiando argomento, quando giunsero in un campo che si estendeva lungo il fianco di una bassa collina. Lou esitò e Amy percepí la sua agitazione.

– Vedrai che andrà tutto bene, – la rassicurò. – Spirit ha un'andatura incredibilmente stabile, e il tuo assetto in sella è perfetto!

Lou la guardò perplessa. – Lo credi davvero?

Amy pensò al talento innato della sorella. Era un vero peccato che avesse perso la fiducia in se stessa. – Con due genitori come i nostri, come potremmo non essere delle fantastiche amazzoni? – scherzò, felice di vedere che Lou sorrideva. – Vado avanti io, okay? – Accorciò le redini, quindi spronò Lace a un trotto regolare. Quando vide che la sorella procedeva rilassata in sella a Spirit, passò a un galoppo medio lento e controllato. Sentí Spirit cambiare andatura dietro di sé e, voltandosi, vide che Lou la seguiva con un sorriso radioso sul volto.

In cima alla collina, Amy fermò Lace e ammirò il panorama che si estendeva davanti a loro. Poteva intravedere fra gli alberi la linea serpeggiante di Fiddler's Creek. La luce del sole faceva scintillare l'acqua, trasformando il torrente in un nastro argentato.

Lou arrestò Spirit e gli diede una pacca affettuosa. – È fantastico. Non capisco perché papà ti abbia chiesto di lavorare con lui, – osservò.

– In passeggiata va molto meglio, – convenne Amy. – I problemi vengono fuori durante l'addestramento. Manca completamente di brio.

– Come si fa a risvegliare l'entusiasmo di un cavallo? – chiese Lou mentre scendevano verso il torrente. – Posso capire che tu riesca a conquistarne la fiducia se è spaventato, o a farti ubbidire se è indisciplinato, ma come si fa a rendere zelante un cavallo che già si comporta bene?

– Comincio a chiedermelo anch'io. Spero solo che, passando molto tempo con lui, riesca a staccarsi da Helena e cominci a dare il massimo anche con altri cavalieri.

– Be', qualsiasi difetto abbia in addestramento, Helena ha fatto un ottimo lavoro con lui, – disse Lou accarezzando il fiero collo inarcato di Spirit. – Dev'essere piuttosto brava per aver raggiunto questi livelli con un cavallo non ancora montato in un anno appena, considerando soprattutto che aveva Lily a cui badare.

– Nulla di piú di ciò che faceva nostra madre quando eravamo piccole, – la interruppe Amy. – Solo che noi eravamo in due, e in piú lei aveva la sua carriera nel salto ostacoli.

– Calmati! – esclamò Lou, sorpresa dalla sua irruenza. – Non mi è neanche passato per la mente di fare paragoni tra Helena e la mamma. Ho solo commentato l'impegno che deve avere dedicato a Spirit, e alla famiglia.

Amy si morse il labbro. Lei stessa era stupita dalla propria reazione. Tuttavia non poteva impedirsi di sentirsi irritata dall'evidente ammirazione di Lou per Helena, quando da viva loro madre aveva fatto altrettanto... e anche di piú.

Al loro ritorno, Tim le aspettava in cortile.

I suoi occhi si illuminarono nel vedere Lou felice e con le guance arrossate. – Allora, vi siete divertite?

– Moltissimo! – rispose Lou entusiasta, smontando e avviandosi verso il box di Spirit.

Non ci misero molto a strigliare i cavalli. Amy finí per prima e si fermò a chiacchierare con il padre in cortile. Quando Lou uscí dal box, Mistral si affacciò alla porta e Amy notò di nuovo che la seguiva con lo sguardo. Poi, con suo immenso stupore, la cavalla alzò leggermente la testa e lanciò un lungo, profondo nitrito.

Non c'era nessun dubbio: Mistral stava chiamando Lou!

CAPITOLO SESTO

– Certo che non mi dispiace darti una mano con Mistral, – disse Lou a Amy piú tardi, quel pomeriggio. – Anche se non vedo cosa potrei fare. E non dimenticare che tra un paio di giorni torna Scott, e poi partiremo per la nostra vacanza.

– Andrà benissimo, – disse Amy incrociando le dita dietro la schiena. Sperava che due giorni le sarebbero bastati per capire perché Mistral rispondeva solo a Lou. Era sicura che fosse la chiave per risolvere i problemi della cavalla.

La porta si aprí e uscí Helena con in braccio Lily. – Ciao, – disse, notando Amy seduta su una poltroncina di bambú. – Stavamo giusto parlando di te.

– Ah sí? – esclamò la ragazza, sorpresa.

– Sí, stavamo dicendo che a Amy piace tanto andare

a cavallo, vero Lily? – disse la donna alla figlia, che stava giocherellando con i suoi riccioli.

Amy sorrise alla piccola. – A te piacciono i cavalli, Lily?

La bambina nascose il viso contro il petto della mamma. – Su, sciocchina, – disse Helena massaggiandole la schiena.

Amy si sentiva un po' delusa, ma ritentò. – Ehi, Lily, – disse con dolcezza.

La piccola girò leggermente la testa e la guardò.

– Ti piacciono i cavalli?

Lily annuí piano, poi le rivolse un sorriso raggiante. Amy ebbe un tuffo al cuore. Era la prima volta che le sorrideva. Forse, dopotutto, aveva ancora qualche speranza di legare con lei.

Al suo risveglio, il mattino seguente, Amy si ricordò della promessa di aiutare Emma con Caspian, e con una fitta d'angoscia si rese conto che avrebbe dovuto cercare di parlarle nel corso della giornata. Di solito le piaceva offrire agli altri la sua esperienza, ma il fatto che Emma non volesse aiuto da lei la metteva a disagio.

Dopo essersi vestita e legata i capelli, scese in cortile.

All'inizio, pensò di essere l'unica già in piedi, ma quando si avvicinò al box di Caspian sentí la voce di Emma.

– Ciao, – disse affacciandosi alla porta.

– Ciao, – rispose la ragazza bruscamente, senza smettere di strigliare il cavallo.

– Sei arrivata presto.

– Ho molto da fare, – disse Emma, evitando di lasciarsi coinvolgere nella conversazione.

Amy decise di fare un ultimo tentativo. – Vuoi una mano?

– Ho finito, – dichiarò Emma riponendo la striglia nel suo contenitore. Si girò verso Amy. – Immagino che tu sia qui per aiutarmi con Caspian.

– Papà ha solo suggerito che potrei mostrarti alcune delle cose che facciamo a Heartland, tutto qui, – disse Amy.

Emma alzò le mani e disse in tono sarcastico: – Credimi, abbiamo tutti sentito parlare di quello che fai a Heartland.

Amy si sentí avvampare. Prima che potesse ribattere, Emma indicò la boccetta che aveva in mano. – Quella è per Caspian?

– È un rimedio dei Fiori di Bach, – rispose Amy. – Ce ne sono trentotto, che possono essere usati da soli o miscelati insieme. Siccome Caspian è molto nervoso, ho pensato che potremmo cercare di ristabilire il suo equilibrio dandogli alcune gocce di Impatiens e Aspen. Sono particolarmente efficaci per calmare animali irrequieti, che si agitano per qualsiasi cosa come lui –. Svitò il tappo della boccetta. – Devi versarne alcune gocce...

– ... nella sua acqua, – finí Emma al posto suo.

Amy la guardò sorpresa.

– Ho solo tirato a indovinare, – disse la ragazza scrollando le spalle.

Amy le porse la boccetta. – Puoi anche aggiungerle al mangime o vaporizzarle nel box con una pompetta, – spiegò. – Potresti provare anche con la lavanda. Ha ottime proprietà rilassanti, – continuò. – Mescolala con alcune gocce di amamelide e acqua calda e fagli delle spugnature sul muso, sul collo, sulle zampe e lungo il dorso.

– Quanto tempo ci vorrà per notare qualche differenza? – chiese Emma con curiosità.

Amy si sforzò di nascondere il proprio stupore all'improvviso interesse della ragazza. – A volte hanno un'efficacia molto rapida. Se tutto va bene, prima del weekend comincerai a notare un piccolo cambiamento, – rispose. – Altre volte ci vogliono parecchie settimane, se non mesi –. La loro conversazione fu interrotta da Lou che chiamava Amy.

– Scusami, – disse la ragazza.

– Vai pure, ho già sentito abbastanza, – disse Emma, brusca.

Amy uscí dal box, sospirando. Si era illusa che l'atteggiamento di Emma fosse cambiato, invece la ragazza era tornata ai soliti modi sgarbati.

Amy si rallegrò vedendo la sorella affacciata alla porta del box di Mistral.

– È molto bella, – osservò Lou.

– Già, e si vede da come si muove che dev'essere fantastica da montare.

Mistral sbuffò e indietreggiò fino a toccare la parete di fondo.

– Fa sempre cosí? – chiese Lou, accigliata.

– Non ha mai mostrato di gradire la compagnia umana... finché non ha visto te –. Amy fece scorrere il chiavistello sulla porta del box.

– Hai idea del perché?

– Ci ho pensato, e l'unica ragione che mi viene in mente è che le due volte che ti sei trovata in sua presenza l'hai ignorata –. Dopo aver tranquillizzato la cavalla, Amy la fece uscire.

Lou socchiuse gli occhi, pensierosa. – È vero, – disse lentamente. – Ero piú interessata a Spirit perché Helena me ne aveva parlato tanto.

– Be', comunque sia, mi ha dato un'idea sull'approccio da adottare con lei –. S'incamminarono verso il tondino d'addestramento. – Credo che in passato abbia avuto qualche brutta esperienza, forse è stata costretta a fare qualcosa per cui non era ancora pronta. Non riesco a capire di cosa possa trattarsi, perché a quanto dice papà pare non abbia ricevuto alcun addestramento. Ma se ho ragione, penso che forse sarebbe piú contenta di lavorare con te.

– Non capisco –. Lou si passò una mano tra i capelli. – Senza dubbio, non appena comincerò a lavorare con lei si sentirà messa sotto pressione anche da me.

– Ci ho pensato, – ammise Amy. – Ma i cavalli non funzionano come noi. Reagiscono agli stimoli visivi e uditivi, certo, ma anche molto alle sensazioni. Credo che Mistral percepisca che tu non sei come gli altri. Tutte le persone con cui ha avuto a che fare dal suo arrivo, me compresa, sono concentrate sui cavalli, e il loro scopo è ottenere da loro i risultati migliori. Tu però sei diversa.

Ci sono voluti giorni perché venissi a dare un'occhiata alla scuderia!

– Hai ragione, – riconobbe Lou, con rammarico. – Ma non perché non volessi stare con i cavalli, ero solo impaziente di conoscere Lily e Helena.

– Esatto, mentre Mistral ha sentito che la mia priorità, come per tutti qui, sono i cavalli.

Lou annuí piano. – Il tuo ragionamento fila, – disse. – Però dovrai dirmi esattamente cosa fare.

– Certo. E spero di potere presto lavorare anch'io con lei. Dobbiamo solo convincerla che stare con noi può essere divertente –. Amy non glielo disse, ma in cuor suo sperava che, aiutando un animale fiero come Mistral a superare le sue difficoltà, la sorella avrebbe finalmente riacquistato la sicurezza perduta con i cavalli.

Benché Lou avesse già fatto qualche sessione di join-up a Heartland, Amy notò che era nervosa. Perfino dalla staccionata riusciva a vedere le sue nocche bianche mentre stringeva la corda di Mistral. – Rilassati, – le gridò. – Lasciala libera e spingila verso il bordo del recinto, come hai già fatto.

Lou annuí e serrò la mascella nell'espressione

determinata che spesso aveva anche Amy. Mentre faceva allontanare Mistral, arrivarono Helena e Tim e si arrampicarono sulla staccionata. Vedendoli, la cavalla scartò leggermente e Lou d'istinto fece un passo indietro. «Forza!» la incitò Amy in silenzio. Era importante che se la cavasse da sola per rafforzare la sua fiducia in se stessa. Dopo un attimo d'esitazione, Lou si ricompose e gridò seccamente: – Mistral, avanti! – La cavalla nera sbuffò e tornò subito sulla pista circolare.

Tim e Helena si sedettero accanto a Amy. – Abbiamo pensato di venire a vedere come ve la cavate con Mistral, – disse suo padre. – Lou la sta guidando molto bene.

Era vero, pensò Amy. Mistral galoppava con il collo inarcato e la coda ritta. Sembrava rilassata e libera dalla tensione delle sessioni precedenti.

– Stavo accennando a Helena del mio progetto di introdurre il join-up con i miei cavalli piú giovani, – continuò Tim. – Puoi spiegarle cosa sta facendo Lou?

– Certo –. Amy si sistemò meglio sulla staccionata. – Lo scopo del join-up è incoraggiare il cavallo a scegliere di stare con una persona anziché costringerlo a lavorare con lei. Lou allontanerà da sé Mistral finché non vedrà i segnali che lei vuole raggiungerla. Vedi? – Indicò l'animale.

– Lo sta facendo adesso –. La giumenta aveva abbassato la testa e stava aprendo e chiudendo la bocca. – Mistral sta dicendo a Lou che non vuole piú scappare, – continuò. – Tra un momento, Lou le volterà le spalle, abbandonando l'atteggiamento aggressivo, e le permetterà di avvicinarsi al centro del recinto.

Lou fece esattamente quello che aveva descritto. Amy provò un impeto d'orgoglio quando Mistral si avvicinò alla sorella. Senza guardarla, Lou camminò fino al bordo del recinto e Mistral la seguí prontamente. Dovunque andasse, la cavalla continuava a seguirla, dimostrando di aver riposto in lei la sua fiducia e di voler essere sua amica.

Amy era senza fiato per l'emozione. Assistere al join-up era un'esperienza straordinaria.

– Wow, – mormorò Helena. – Non ho mai visto nulla di simile.

Amy si schiarí la voce. – Ci serviamo del join-up per instaurare con il cavallo un rapporto basato sulla fiducia, piú che sul potere.

Si lasciò scivolare giú dalla staccionata e raggiunse Lou e la cavalla. – Brava, – disse alla sorella, che aveva le guance tutte arrossate.

– Non posso credere di avercela fatta! – esclamò.

– Si è comportata benissimo.

Mentre Amy agganciava la longhina, Lou accarezzò in silenzio la fronte di Mistral. – Sii decisa, – disse Amy. – Deve sentire la tua sicurezza, ogni tuo gesto dev'essere fermo e controllato.

– E se non mi ubbidisce? Se sgroppa, o s'impenna? – La voce di Lou era rotta dall'ansia.

– Interverrò subito, – promise Amy. – Ricorda: premia il buon comportamento, ignora quello cattivo.

Lou annuí e alzò la frusta in modo da formare un triangolo tra sé e Mistral. Poi le ordinò con fermezza di cominciare a camminare.

Amy incrociò le dita. Incredibilmente, la cavalla avanzò tranquilla. Con la lunga criniera nera che ondeggiava alla brezza e la folta coda ritta sarebbe stata perfetta per un film.

– Al trotto, – gridò Lou schioccando leggermente la frusta, e Mistral si lanciò subito in avanti. Tutt'a un tratto si mise a galoppare e Amy ebbe un tuffo al cuore, ma Lou la riportò al passo, quindi la fece ripartire a un trotto elegante e controllato. Dopo una decina di minuti, Amy le fece segno di concludere la sessione e si avvicinò per farle i complimenti, seguita da Helena e dal padre.

– Sei stata bravissima! – esclamò Tim abbracciandola d'impulso. – Complimenti a tutte e due! Non eravamo mai riusciti a farla lavorare cosí bene, – aggiunse con entusiasmo, dando una pacca a Mistral. La grande cavalla nera indietreggiò roteando gli occhi. – Calma, bella, – la tranquillizzò. – C'è ancora molto lavoro da fare, – disse a Amy, – ma quello di oggi è stato un enorme passo avanti. Stavo cominciando a pensare di rivenderla, ma vederla lavorare cosí mi ha ridato speranza. Forse possiamo ancora ottenere qualcosa di buono da lei.

– È stato fantastico, – disse Helena stringendo affettuosamente il braccio di Lou. Poi guardò l'orologio. – Meglio che torni a casa. Avevo promesso a Carol che sarei stata via solo una decina di minuti! Mi sta tenendo Lily.

– Vengo con te, – disse Lou. – Non hai bisogno che faccia altro, vero Amy?

– No, grazie –. Amy prese la longhina. – Ora la riporto in cortile e la striglio –. Diede a Mistral una leggera pacca sul collo, poi schioccò la lingua per farla avanzare. Sapeva che avrebbe dovuto essere piú contenta del successo di Lou. Ma la sensazione di non essere necessaria al ranch di suo padre continuava a tormentarla. «Forse sarei dovuta restare a Heartland con Ty e il nonno. Lí hanno davvero bisogno di me» pensò.

Ricacciò le lacrime di frustrazione che le erano salite agli occhi e, sforzandosi di essere piú positiva, tirò fuori di tasca una mentina per Mistral, che gliela leccò cautamente dalla mano. – Brava, piccola, – disse accarezzandole il collo caldo. – Oggi ti sei comportata bene. Il prossimo passo sarà insegnarti ad avere fiducia anche in me.

Il giorno seguente, prima di portare Spirit nel maneggio, Amy gli fece un lungo massaggio T-touch nel suo box, sperando che servisse a rafforzare il loro legame. Il cavallo grigio si girò a guardarla con i suoi grandi occhi marroni, soffiò forte e le posò la testa sulla spalla. – Ehi, so che è rilassante, ma non devi addormentarti! – rise Amy, spostandosi.

Spirit drizzò le orecchie sentendo uno scalpitio di zoccoli in cortile. Amy guardò fuori e vide Emma che conduceva Caspian verso il suo box. I capelli le ricadevano sul viso in ciocche disordinate e i pantaloni da amazzone erano sporchi di fango: si capiva che era caduta da cavallo.

Amy si precipitò fuori. – Tutto bene? Vuoi che lo prenda io? – chiese preoccupata.

Caspian aveva macchie di schiuma sul petto e saltellava sul posto, agitato. Emma non disse nulla. – Cos'è successo? – insistette Amy.

– Ne ho abbastanza del tuo aiuto, – la aggredí la ragazza. – Lascia che mi occupi del mio cavallo a modo mio, okay? Se i tuoi metodi sono cosí infallibili, allora perché non stai approdando a nulla con Spirit e Mistral? Lasciami in pace!

Diede uno strattone a Caspian e si sbatté la porta del box alle spalle, lasciando Amy a bocca aperta.

«Okay, – pensò Amy, furibonda. – Se è questo che vuoi, per me va bene». Tornò nel box di Spirit, sforzandosi di controllare la rabbia. Era piú determinata che mai ad aiutare Mistral e Spirit e dimostrare che i metodi di Heartland, i suoi metodi, funzionavano davvero. Svelta, bardò il cavallo e lo portò nel maneggio.

Benché Spirit non assomigliasse minimamente al cavallo che Amy aveva visto nel video, ci fu un lieve miglioramento. Fino a quel giorno, aveva sempre sfiorato con le zampe il palo superiore degli ostacoli, ma questa volta li superò tutti con ampio margine.

– Bravo! – disse Amy dandogli una pacca sul collo quando ebbero completato il percorso. Guardò l'orologio: aveva appena il tempo di riportarlo nel suo box prima dell'appuntamento con Lou per lavorare con Mistral.

Lou le aspettava al centro del maneggio. Non appena la vide, Mistral rizzò le orecchie. Amy le consegnò la longhina, sperando con tutto il cuore che la giumenta eseguisse gli esercizi senza tensioni: era essenziale per mettere in atto il suo piano.

Lou le fece compiere una serie di transizioni. Mistral passò dal galoppo medio al trotto, poi riprese a camminare tranquilla intorno alla pista circolare.

– Fantastico! Adesso prova con l'altra redine, – gridò Amy.

Lou annuí e le fece cambiare abilmente direzione. Guardando i suoi luminosi occhi azzurri concentrati sulla cavalla, Amy si rese conto di quanto fosse già piú sicura.

– Sta andando benissimo, – le gridò quando Mistral si fu fermata.

– È straordinaria, – disse Lou con entusiasmo. – Mi mancherà lavorare con lei.

Amy corrugò la fronte, perplessa, poi la memoria le tornò di colpo. – Ma certo, Scott torna domani!

Lou annuí, con gli occhi che brillavano. – Non vedo l'ora di riabbracciarlo, – ammise. – Ma sto cominciando a capire quanto sia stato difficile per te lasciare il tuo lavoro a Heartland. Sarà dura separarsi da Mistral... pensare ai suoi progressi, e a cosa avrei potuto fare con lei se fossi rimasta qui.

Amy provò un impeto di felicità. Aveva sperato che montare Spirit avrebbe aiutato la sorella a rafforzare la sua fiducia in se stessa e il suo amore per i cavalli, ma a quanto pareva lavorare con Mistral le aveva fatto ottenere un risultato ancora piú importante: Lou stava cominciando a sperimentare il legame che poteva nascere tra un cavallo e la persona che lo accudiva.

– Quello che hai fatto con Mistral è fantastico, – disse. – L'hai aiutata a capire che stare con le persone può essere bello... non per forza stressante. Credo che a questo punto sia pronta per provare qualcosa di nuovo.

– Che cosa? – chiese Lou, curiosa.

– Aspetta e vedrai, – scherzò Amy. – Prima, però, devo assicurarmi che non abbia problemi a lavorare anche con me.

Prese la longhina e schioccò la lingua. Mistral girò un orecchio verso di lei. – Al trotto, – ordinò Amy in tono rassicurante e, soddisfatta, la guardò ubbidire senza nessuna traccia d'agitazione.

La fece lavorare per cinque minuti con ciascuna redine, poi la riportò al centro del tondino. Negli ultimi giorni aveva passato molte ore con lei, tra sessioni di join-up, T-touch e massaggi con oli essenziali, ed era sicura che fosse pronta per passare allo stadio successivo dell'addestramento. Incrociando le dita, si avvicinò al cancello e prese la sella e la briglia che aveva portato con sé.

– Hai intenzione di provare a montarla? – chiese Lou, sbalordita.

– No, voglio solo abituarla ai finimenti. Se non le danno fastidio, domani la farò lavorare bardata, – spiegò Amy.

Mistral fissava i finimenti con le orecchie appiattite. – Tutto bene, bella, – la tranquillizzò Amy. Si assicurò che il sottopancia fosse sopra la sella e che le staffe fossero ben fissate in cima alle cinghie, in modo che nulla sbattesse contro l'addome della giumenta, spaventandola. Le posò delicatamente la sella sul garrese, quindi gliela fece scivolare sul dorso. I muscoli della cavalla si irrigidirono, tuttavia restò immobile mentre Amy le cingeva lentamente l'addome con il sottopancia e lo fissava in posizione.

– Bravissima –. Le diede una mentina. La cavalla gliela leccò dalla mano e Amy fu felice di constatare che non sembrava affatto in preda al panico come la prima volta che avevano provato a lavorare con la longhina. Il muso appariva un po' teso, le narici leggermente dilatate, ma c'era qualcosa nei suoi occhi che Amy non riusciva ad afferrare. Era come se sapesse quel che stava succedendo. Non aveva lo sguardo nervoso di un cavallo che sperimenta qualcosa di nuovo e sconosciuto.

Amy corrugò la fronte.

– Sta andando bene, vero? – commentò Lou.

– Quasi troppo bene, – disse Amy lentamente.

– Cosa vuoi dire? – chiese la sorella, stupita. – Non stiamo solo raccogliendo i frutti del nostro lavoro?

– Sarebbe bello pensare cosí, ma temo che non si tratti di questo –. Amy guardò Mistral, che se ne stava lí tranquilla. Il suo comportamento era del tutto incoerente: la diffidenza verso le persone, la reazione terrorizzata alla longhina, e ora quella assoluta impassibilità davanti al contatto con la sella.

Amy raccolse le redini e le fece passare lentamente sopra la testa della cavalla. Quando le posizionò il morso contro i denti, Mistral aprí subito la bocca e lo accettò.

– Proprio come immaginavo, – disse pensierosa.

– Che cosa? – chiese Lou, confusa.

– Chi ha venduto Mistral a papà ha mentito! – esclamò Amy. – Gli hanno detto che non era stata ancora domata, invece conosce già sella e briglia. Ne sono sicura!

CAPITOLO SETTIMO

– Davvero siete riuscite a bardare Mistral? – chiese Tim distogliendo l'attenzione dal pesce sulla griglia e guardando le figlie, sbalordito.

– Sí.

– E come ha reagito?

– Onestamente, si è comportata come se per lei non fosse affatto una novità, – rispose Amy.

– Amy ha una teoria interessante, – intervenne Lou posando una pila di piatti sul tavolo.

Tim sorrise a Amy, incoraggiante.

– Il mio è solo un dubbio, – disse la ragazza. – Be', piú di un dubbio. Sono sicura che Mistral è già stata montata. Ti dispiace se questo pomeriggio do un'occhiata all'archivio?

– Nessun problema. Cosa speri di trovare? – chiese Tim, incuriosito.

– Ancora non lo so... qualche indizio sul passato di Mistral, suppongo, – rispose Amy. Girandosi, vide Helena con il braccio intorno alle spalle di Lou. Ridevano e chiacchieravano allegramente, e ancora una volta si sentí esclusa.

Dopo qualche minuto si allontanò in silenzio e raggiunse il recinto dove Mistral e Spirit pascolavano con Jinx e Lace. Si arrampicò sul palo piú alto della staccionata e appoggiò il mento sulla mano.

Ripensò alla visita di Tim a Heartland. Cominciava a capire come doveva essersi sentita Lou quando aveva cercato di riallacciare i rapporti con il padre, mentre loro due avevano da subito ingranato. Da quando era in Australia, vedeva Lou conquistarsi le lodi del padre e l'affetto di Helena e Lily, mentre lei aveva la sensazione che i suoi successi fossero dati per scontati. «Quando eravamo piccole, Lou ha avuto papà vicino per molti piú anni di me; non c'è da stupirsi che gli sia piú legata» pensò avvilita. All'improvviso, si rese conto che naturalmente anche Lily avrebbe avuto il padre vicino per tutta l'infanzia.

Era talmente immersa nei suoi pensieri che non sentí arrivare suo padre. – Il pranzo è pronto, – sussurrò lui.

– Non ho molta fame.

– Tutto bene?

– Sí –. Amy si lasciò scivolare giú dalla staccionata con un sorriso forzato. – Sono solo curiosa di scoprire qualcosa in piú sul passato di Mistral.

– Okay, se lo dici tu, – disse Tim. – È meglio che io torni alla griglia, prima che il pesce si carbonizzi, – scherzò.

Amy lo guardò andarsene, poi s'incamminò verso la scuderia ed entrò nel suo ufficio. Pensava che cercando di risolvere i problemi di Mistral avrebbe dimenticato i suoi.

L'interno dell'ufficio era dipinto a tinte neutre crema e caffelatte e un'enorme palma cresceva rigogliosa in un vaso in un angolo. Una parete era occupata dagli archivi e Amy decise di cominciare la ricerca da lí. I dossier erano ordinati per data, perciò aprí l'ultimo cassetto dello schedario in fondo. All'interno, i fascicoli erano in ordine alfabetico e non ebbe difficoltà a trovare quello di Mistral.

Portò la sottile cartellina verde sulla scrivania del padre e si sistemò sulla comoda poltrona in pelle. Il suo sguardo fu attirato da una serie di fotografie in un angolo e interruppe un momento la ricerca per osservarle.
Ce n'era una di Tim e Helena il giorno del matrimonio. Era molto bella, ma guardandola le si strinse lo stomaco. L'unica sposa che avesse mai immaginato accanto a suo

padre era sua madre, e le faceva male vederlo ridere con gli occhi in quelli di Helena mentre tagliavano la torta nuziale. Distolse rapidamente lo sguardo e sorrise a una giovanissima Lou con le trecce e l'uniforme scolastica. Doveva essere il suo primo giorno di scuola in Inghilterra. Scorse rapidamente alcune istantanee di cavalli appartenuti a suo padre, poi arrivò all'ultima cornice, che conteneva tre piccole fotografie di Lily. Nella prima era appena nata, tutta rossa e rugosa, avvolta in una copertina bianca in braccio a Helena. Nella seconda era addormentata e stringeva forte con le ditina la zampa di un orsacchiotto. La terza, piú recente, la ritraeva sull'altalena, con gli occhi nocciola che brillavano e i riccioli castani che le ricadevano sulle guance.

Amy provò una fitta di delusione. Non c'era nessuna foto sua! Esaminò rapidamente il resto della stanza, senza successo. Inspirò a fondo. «Non importa» si disse, ma sapeva che non era cosí: le importava piú di quanto potesse esprimere a parole.

Per distrarsi, aprí svelta la cartella di Mistral, ma mentre sfogliava le bolle di spedizione e i certificati veterinari e assicurativi, una domanda continuava a tormentarla: «Perché papà non ha una mia foto?»

Trovò il documento che stava cercando, l'atto d'acquisto di Mistral. Prese il telefono e compose il numero riportato in cima alla pagina. Una voce rispose in spagnolo, ma quando Amy parlò, la segretaria passò a un inglese corretto, dal marcato accento castigliano. Amy le spiegò chi era e chiese di parlare con l'ex proprietario di Mistral.

– Spiacente, ma in questo momento non è qui. Desidera che le passi il nostro manager?

– Grazie, – disse Amy gentilmente e attese in linea. Dopo qualche secondo, sentí una profonda voce maschile.

Cominciò a descrivere i problemi di Mistral, ma il manager la interruppe brusco. – Avete esaminato la cavalla ed era a posto. Ha superato il controllo veterinario. Non potete rimandarla indietro.

– Non vogliamo rimandarvela, – si affrettò a precisare Amy. – Sto solo cercando di scoprire se da voi ha avuto qualche esperienza che può averla resa diffidente verso gli esseri umani.

– Sta insinuando che non trattiamo bene i nostri cavalli? – esclamò l'uomo, indignato. – Abbiamo un'ottima reputazione! La giumenta che avete comprato era uno dei nostri animali migliori. Qui si è sempre comportata bene.

Aveva prospettive eccellenti: prima di partire saltava ostacoli alti oltre un metro e mezzo!

– Piú di un metro e mezzo? Ma ci è stata venduta come non ancora domata! – esclamò Amy.

Ci fu una lunga pausa e Amy pensò che fosse caduta la linea, ma poi il manager parlò di nuovo. – Noi vi abbiamo semplicemente venduto una cavalla giovane. Ora devo andare. Sono molto impegnato. Spiacente, ma non posso aiutarla.

Riagganciò con un clic, ma non importava: Amy aveva ottenuto l'informazione che cercava. Ora sapeva perché Mistral non amava la compagnia umana e rifiutava qualsiasi allenamento. Era stata domata e addestrata in età troppo tenera. L'avevano obbligata a fare troppo, e troppo presto. Farle saltare ostacoli di un metro e mezzo a una puledra era come chiedere a un bambino di risolvere esercizi di algebra all'asilo nido. Non c'era da stupirsi che avesse un blocco nei confronti degli esseri umani e dell'addestramento. Il fatto che si fosse lasciata bardare indicava che stavano andando nella direzione giusta, ma Mistral aveva bisogno di convincersi che imparare era facile e divertente. Solo cosí, Amy avrebbe potuto riparare il danno che era stato fatto.

Mentre Amy usciva dall'ufficio del padre, il suo cellulare squillò. Vide il numero di Ty sul display e sorrise. – Ciao, – disse.

– Come va? – chiese la sua voce familiare.

– Bene, grazie. Ho appena scoperto una cosa su Mistral, la cavalla con cui sto lavorando –. Mentre gli raccontava della sua conversazione telefonica, provò un impeto di felicità. Era quasi come essere a Heartland, dove lei e Ty si confrontavano sempre sui problemi dei cavalli.

– Se vuoi rendere divertente l'addestramento, potresti iniziare mettendo un giocattolo nel suo box, – disse Ty.

– È venuto in mente anche a me, – rispose Amy con entusiasmo. – Di solito vengono usati per evitare che i cavalli si annoino quando sono al chiuso, ma ho pensato che se riuscissi a risvegliare l'interesse di Mistral per il gioco e a sollecitare la sua naturale curiosità, le sarebbe di grande aiuto –. Tacque per un istante. – È bello parlare con te. Come va a casa?

– Bene, grazie. Marnie si sta divertendo molto, anche se ormai si è rassegnata a non avere piú mani da cittadina e si è tagliata le unghie –. Ty scoppiò in una risata, e Amy chiuse gli occhi per assaporare quel suono. – Jack è fantastico. Si occupa della cucina insieme a Marnie, oltre a mandare avanti gli affari. Soraya viene ogni giorno a darci una mano con gli allenamenti. Mi ha chiesto di dirti che Sundance è in forma, ma gli manchi. Ben e io stiamo bene.

– Davvero?

– Davvero, – rispose il ragazzo, con fermezza. – Adesso dimmi di te.

Amy esitò, poi gli confidò dei suoi continui problemi ad ambientarsi.

– Pensavo che avessi deciso di risolverli, dopo l'ultima volta che abbiamo parlato, – disse Ty con gentilezza.

Amy sospirò. – Ci ho provato, ma è tutto cosí diverso da Heartland, – disse. – Ho sempre la sensazione che tutti siano interessati a Lou, mentre io sono la sorella invisibile... pensa che papà non ha nemmeno una mia foto sulla scrivania –. Ma mentre parlava, una vocina nella sua testa sussurrò: «A differenza di Lou, tu non hai fatto nulla per cercare di entrare a far parte della famiglia».

Si sforzò di ignorarla e si concentrò sulla risposta di Ty. – Sono sicuro che alla fine tutto si sistemerà, non avere fretta, – la rassicurò.

Amy disse che aveva ragione e si salutarono. Mentre chiudeva la comunicazione, si rese conto che i giorni al ranch passavano veloci. Se non stava attenta, al momento di tornare a casa sarebbe stata un'estranea per la nuova famiglia di suo padre proprio come quando era arrivata.

Amy rovistò dentro i secchi neri nella selleria. C'erano mucchi di briglie di riserva, redini di gomma, martingale e cavezze, ma alla fine riuscí a trovare un barattolo cilindrico forato. Soddisfatta, andò nel locale del mangime, svitò il coperchio e lo riempí di noccioline.

Portò il barattolo nel box di Mistral e la incoraggiò ad annusarlo, quindi lo posò a terra. La cavalla soffiò forte dalle narici, quindi lo ignorò completamente. Amy era un po' delusa, tuttavia sapeva che non era pensabile aspettarsi che un animale come Mistral cominciasse subito a farlo rotolare sul pavimento. – L'unico modo per far uscire le noccioline dai buchi è spingere il barattolo col naso, – spiegò. – Lo voglio vuoto entro domani mattina, – aggiunse severa. Poi le diede una pacca affettuosa e uscí dal box.

Quando la cena fu pronta, lo stomaco di Amy brontolava per il digiuno. Divorò il delizioso stufato che Tim aveva preparato mentre ascoltava Lou e Helena parlare del loro pomeriggio. Avevano portato Lily in piscina e si erano fermate un po' in palestra mentre la piccola giocava nel baby club.

Amy fu piuttosto taciturna durante tutto il pasto, finché suo padre le domandò: - Sei riuscita a scoprire qualcosa su Mistral?

Amy gli raccontò quello che aveva scoperto.

- È incredibile! - esclamò lui, sbalordito. - Le facevano saltare ostacoli alti piú di un metro e mezzo, ha detto?

Amy annuí.

- Devo telefonare a Pete, il mio socio in Inghilterra, per avvertirlo, - commentò Tim. - Brava, Amy. Certo questo spiega il comportamento di Mistral.

Malgrado i suoi elogi, Amy non riuscí a guardarlo negli occhi e non appena possibile si scusò e si alzò da tavola. Non aveva il coraggio di chiedergli perché non avesse una sua foto sulla scrivania, ma era una cosa che doveva assolutamente sapere. Le riusciva difficile essere naturale con lui quando si sentiva cosí esclusa.

Il mattino seguente, quando Amy entrò nel box di Mistral, con suo grande stupore la cavalla le si avvicinò e le strofinò il muso sulla mano. Trattenendo a stento la gioia, la ragazza estrasse di tasca un biscotto per cavalli e glielo diede. Poi si chinò lentamente e scosse il barattolo che le aveva lasciato la sera prima. Era vuoto! – Allora ti sei divertita con il tuo giocattolo! – esclamò felice.

Dopo averla strigliata con cura, la portò nel tondino d'addestramento. Dato che Lou non era ancora arrivata, Amy la fece correre con la longhina, completamente bardata, per una mezz'ora. La cavalla eseguí tutti gli esercizi senza fare storie e lei capí che stava finalmente imparando a fidarsi di nuovo degli esseri umani.

Decise di divertirsi un po'. Fece allontanare Mistral verso il bordo del recinto e cominciò il join-up. Dopo pochissimo tempo, la cavalla abbassò la testa e aprí e chiuse la bocca, come se stesse masticando l'aria. Amy si girò di spalle per incoraggiarla ad avvicinarsi.

Quando la sentí dietro di sé, si spostò. Mistral la seguí e lei si mise a camminare piú veloce. La cavalla continuò a seguirla e Amy cominciò a correre. Mistral accelerò, e ben presto le stava trottando dietro. Amy si fermò e la premiò con un biscotto, poi ricominciò a correre da un punto all'altro del recinto, sempre seguita dalla cavalla.

Alla fine si fermò, senza fiato, e ridendo le diede un ultimo premio. Per la prima volta, Mistral non s'irrigidí quando la accarezzò.

– Sta andando molto bene, – gridò Lou avvicinandosi.

– Già, – rispose Amy sorridente.

– Sono contenta di vederti piú allegra, – commentò la sorella. – Ieri sera mi eri sembrata piuttosto giú.

– Ah sí? – disse Amy, evasiva.

– Eri molto silenziosa, – insistette Lou.

– Oh, probabilmente stavo solo pensando a cosa fare oggi con Mistral, – tagliò corto Amy. Si sentí sollevata quando la sorella lasciò cadere l'argomento.

– Cosa hai intenzione di fare? – chiese Lou.

Amy sorrise. – Credo che sia pronta per accettarmi in groppa.

Lou corrugò la fronte, preoccupata. – Non so, Amy. È ancora imprevedibile. Ne sei sicura?

Amy si sforzò di mantenere la calma. – So quello che faccio, – disse. – Tu devi solo aiutarmi ad appoggiarmi di traverso sulla sella. Se si spaventa, mi lascerò subito scivolare giú senza farmi male, okay?

Lou acconsentí. – Ma al primo segno di nervosismo scendi, va bene?

– Te lo prometto –. La ragazza strinse la cinghia del casco e si avvicinò al fianco di Mistral. Alzò una gamba e Lou la aiutò delicatamente a salire. Amy appoggiò la pancia e il petto sulla schiena di Mistral, lasciando penzolare le braccia e le gambe. La cavalla sbuffò nervosa e fece due passi indietro. Amy rimase immobile e la tranquillizzò con la voce. – Buona, piccola. Buona –. Mistral soffiò a lungo dalle narici, ma non si mosse.

– E adesso? – sussurrò Lou.

– Massaggiala un po' con la tecnica del T-touch, – rispose Amy. – Quando è rilassata, falle fare qualche passo avanti, non troppi, fermati e premiala. Poi falla avanzare ancora.

Dopo qualche minuto, Amy sentí che la tensione abbandonava i muscoli della cavalla e Lou disse: – Avanti, bella.

Dopo tre passi, Lou si fermò e la accarezzò dolcemente.

– Adesso vai avanti. Credo che non avrà piú problemi, – sussurrò Amy.

Mentre Lou camminava intorno al recinto, Amy spostò a poco a poco la gamba oltre i quarti posteriori di Mistral e sedette in sella. Mistral girò un orecchio verso di lei, ma tenne l'altra ritta in avanti.

Dopo un giro del recinto, Lou si fermò e Amy smontò con delicatezza.

– Wow! – esclamò Lou, al settimo cielo. – Non riesco

a credere che le abbiamo fatto fare tanti progressi prima della mia partenza!

Amy annuí e accarezzò la cavalla in mezzo agli occhi. – Sei stata bravissima, – disse dandole un bacio sul muso setoso.

Piú tardi, quando Amy condusse Spirit nel tondino d'addestramento, era ancora euforica per il successo con Mistral. Cominciò il riscaldamento facendolo trottare lungo il perimetro del recinto. Ben presto, ebbe l'impressione che il cavallo fosse stato contagiato dalla sua allegria. La sua andatura era piú fluida e sicura e quando Amy lo portò verso il primo ostacolo, sentí per la prima volta in lui un impeto d'entusiasmo. Le sue falcate divennero piú baldanzose, inarcò il collo fiero e spinse contro il morso, impaziente.

– Okay, bello, siamo solo tu e io, – sussurrò.

Spirit si diede lo slancio e volò oltre l'ostacolo come se avesse avuto le ali. Amy rise forte, felice della sua grinta. Mentre si concentrava sul secondo ostacolo, il castrone grigio perse improvvisamente il ritmo e nitrí forte. Accigliata, Amy si girò per vedere cosa l'avesse distratto e scorse Helena e Lou sul sentiero che portava al ranch.

Cercò di riprendere il controllo e spronò Spirit verso l'ostacolo, ma ormai il cavallo aveva perso la concentrazione e fece volare pali in tutte le direzioni.

Frustrata, Amy non tentò nemmeno di recuperare lo slancio ormai perduto e guidò Spirit fuori dal maneggio. In preda allo scoraggiamento, si rese conto di avere sottovalutato il legame tra Spirit e Helena. In vita sua non aveva mai visto un cavallo cosí attaccato a una persona.

– Oh, Amy, mi dispiace tantissimo, – disse la donna raggiungendola di corsa. – Siamo appena rientrate da una passeggiata con Lily e non sapevo che fossi qui con Spirit.

– Non importa, – disse la ragazza, brusca, cercando invano di nascondere la propria frustrazione. Helena sembrava desolata, ma Amy non disse nulla per farla sentire meglio. Era convinta che la donna avrebbe dovuto evitare di farsi vedere da Spirit mentre lavorava con lei. Qualsiasi progresso avesse fatto con il cavallo, Helena aveva rovinato tutto.

– Amy? – le gridò Lou sconcertata mentre si allontanava, ma lei non se ne curò.

Poi una delle finestre sul retro del ranch si aprí e apparve la testa di Tim. – Ehi! – gridò a Lou. – È arrivato qualcuno che è molto impaziente di vederti!

La preoccupazione di Lou si trasformò in gioia quando capí di chi stava parlando. – È tornato Scott! – esclamò, e lei e Helena s'incamminarono verso il ranch.

Mentre Amy abbassava la maniglia della sua stanza da letto, Lou arrivò salendo le scale. – Sto per fare il bagno a Lily. Ti va di aiutarmi? – le chiese.

– A dire il vero stasera volevo andare a letto presto. Domani devo alzarmi all'alba.

– Amy, chi vuoi prendere in giro? – ribatté la sorella, cogliendola di sorpresa. – Si può sapere cos'hai? Non stai mai con noi, non vuoi avere niente a che fare con Lily, sei scostante con Helena mentre lei cerca solo di farti sentire parte della famiglia. Sei addirittura fredda con papà, dopo che si è fatto in quattro per accoglierti. Non capisco proprio perché ti comporti cosí.

Amy rimase a bocca aperta. Come poteva essere tanto insensibile? – Oh, lascia perdere! Avrei dovuto immaginare che non avresti capito.

– Cosa intendi dire? – sbottò Lou.

– Anche se forse avresti dovuto, – continuò Amy, – considerato come ti sei sentita esclusa tu quando papà è venuto a trovarci a Heartland!

Le due sorelle si fissarono a lungo, in silenzio. – Stai dicendo che non ti senti accettata? – chiese Lou, perplessa.

– Sí, Lou, è proprio cosí! Ma non ti preoccupare, perché presto sarò di nuovo a Heartland, dove lo sono eccome! – Amy sparí in camera sua sbattendo la porta dietro di sé.

CAPITOLO OTTAVO

Con le dita tremanti, Amy prese il cellulare e chiamò Ty. Il ragazzo rispose al terzo squillo. – Amy? – disse, sorpreso.

– Ciao, come va? – chiese lei in tono inespressivo.

– Qui tutto bene. Tu però non mi sembri in forma. Tutto okay?

Sentendo la sua voce preoccupata, Amy si rasserenò un po': Ty la capiva al volo. – Comincio a pentirmi di essere venuta qui, – ammise sdraiandosi sul letto e fissando il soffitto. – Almeno, se fossi rimasta a casa, avrei potuto alleggerirvi di parte del lavoro.

– Ce la stiamo cavando bene, – disse Ty. – Sul serio. Però mi dispiace sentire che non sei contenta.

– Da quando sono arrivata non ne ho combinata una giusta, – si lamentò lei. – Se non fosse stato per l'aiuto di Lou, probabilmente non avrei mai fatto progressi con Mistral. Tim e Helena la trovano fantastica... e anche Lily la adora e la chiama sempre, mentre non vuole avere a che fare con me. Ho la sensazione che ormai faccia parte piú della loro famiglia che della mia. Emma non mi sopporta... avrebbe preferito che non fossi venuta, lo so.

Mentre riprendeva fiato, Ty la interruppe. – Amy, quest'atteggiamento non è da te.

– Cosa vuoi dire? – Amy si era aspettata che lui la sostenesse.

– Be', di solito ti piace stare in compagnia e farti coinvolgere. Non sei una che si isola.

– Però qui mi sento cosí esclusa.

– Sí, ma credo sia perché hai passato troppo tempo a conoscere i cavalli e non abbastanza a familiarizzare con le persone.

Amy dovette ammettere che era vero. – Il fatto è che con i cavalli è molto piú facile.

Ty rise, poi il suo tono si fece piú dolce. – Amy, secondo me sei andata in Australia con le aspettative sbagliate. Pensavi che tutti ti avrebbero considerata e trattata come facciamo qui a Heartland. Ma per loro sei la figlia di Tim e la sorella maggiore di Lily. Forse, se cercassi di vederti in questo modo, saresti piú felice. E chissà, potresti perfino ambientarti senza problemi.

Amy tacque per qualche secondo, riflettendo sulle sue parole: non era quello che avrebbe voluto sentirsi dire, tuttavia si rendeva conto che forse aveva ragione.

Indovinando il suo turbamento, Ty disse piano: – Pensaci, okay? E vai a letto presto. Ti sento stanca. Domani mattina vedrai tutto sotto un'altra luce.

– Grazie, Ty, – mormorò Amy. – Salutami il nonno.

– Lo farò, – promise il ragazzo. – E ricorda, qui ti vogliamo tutti bene. Te ne vorranno anche in Australia, se permetterai loro di conoscerti.

Amy rimase distesa sul letto, con la testa appoggiata sulle braccia, meditando su quello che le aveva detto Ty. Ma era cosí stanca che ben presto si addormentò.

Il mattino seguente, rientrando dalla scuderia, Amy si stupí di vedere Scott intento a stipare valigie nel bagagliaio di una jeep verde.

– L'ho noleggiata per una settimana, – spiegò.

– Non pensavo che sareste partiti cosí presto, – disse Amy guardandosi intorno alla ricerca di Lou. Non poteva lasciarla andare senza prima fare pace con lei.

– Ci aspetta un lungo viaggio. Siamo diretti a Alice Springs, poi visiteremo Uluru.

– Uluru? – Amy corrugò la fronte.

– È il nome aborigeno dell'Ayers Rock... a quanto pare significa «grande sasso», – spiegò Scott con un sorriso.

Lo sguardo di Amy fu attirato da un movimento sulla veranda. Era Lou che lottava con due zaini. – Aspetta, ti do una mano, – disse correndo da lei.

– Grazie, – replicò la sorella lanciandole un'occhiata.

Dalla sua espressione, Amy capí che anche lei voleva fare pace. – Mi dispiace, – disse con dolcezza. – In effetti, non ho fatto molto per ambientarmi.

– Dispiace anche a me –. Lou sorrise. – Per fortuna hai tempo di risolvere le cose mentre sarò via. Fai amicizia con Lily. È anche tua sorella... ti si affezionerà, ne sono sicura. E prova a rilassarti con Helena. Non sta affatto cercando di sostituire la mamma, vuole solo esserci amica. Sai una cosa? – aggiunse pensierosa. – Credo che alla mamma sarebbe piaciuta.

Amy annuí, poi si gettò uno zaino in spalla e si avviò verso la jeep. – Ieri sera ho parlato con Ty, e mi ha detto che devo smettere di pensarmi come «la Amy di Heartland» e cominciare a considerarmi parte della famiglia.

– È un buon consiglio, – annuí Lou mettendo il suo zaino nel bagagliaio.

– Quale consiglio? – chiese Scott, guardandole da sotto gli occhiali da sole.

– Che tra sorelle bisogna essere carine! – Lou rise, abbracciando Amy.

– Ho già salutato papà, Helena e Lily mentre tu eri alla scuderia, – disse. – Sono andati a un'asta con Pat. Helena ti ha lasciato in forno dei muffin appena fatti per colazione.

Scott accese il motore e Lou prese posto accanto a lui.

– Divertitevi, – gridò Amy dal finestrino.

– Ci vediamo la prossima settimana! – rispose Lou salutandola con la mano, mentre la jeep partiva lentamente.

Amy continuò a salutarla finché la macchina non fu sparita alla sua vista, lottando contro un improvviso senso di solitudine.

Amy decise che la cosa migliore che poteva fare era uscire per una lunga passeggiata con Spirit. Aveva bisogno di tempo per riflettere sulle parole di Lou. Rimandò la colazione e tornò in cortile.

Davanti al box di Caspian c'era Emma. Stava parlando con Carol e Amy non poté fare a meno di sentirla lamentarsi perché doveva andare all'aeroporto con Sam a prendere un cavallo.

– Mi piacerebbe aiutarti, ma stamattina devo lavorare con Jupiter, – disse Carol accarezzando il muso del cavallo roano nel box vicino a quello di Caspian.

Emma sospirò. – Figurati, ho promesso a Tim che ci sarei andata. Ma visto che il maneggio è libero, ne avrei approfittato per fare una sessione con Caspian.

A Amy venne un'idea. Se si fosse offerta di andare a prendere il cavallo al posto suo, forse Emma non l'avrebbe piú trattata con tanta ostilità. – Posso andarci io, se tu hai da fare, – disse.

Emma parve colta alla sprovvista. – Be', se non ti spiace, – replicò dopo un attimo di silenzio. – Sam mi aspetta davanti a casa tra un paio di minuti.

– Allora ci vado subito –. Mentre tornava sui suoi passi, a Amy sembrò di sentirla mormorare un «grazie».

Sam parve sorpreso quando Amy salí in macchina accanto a lui, ma non disse nulla. – Mi sono offerta di venire al posto di Emma, – spiegò.

L'uomo la fissò per un attimo con i suoi penetranti occhi azzurri. Poi borbottò qualcosa e si abbassò ancora di piú sul viso il cappello a tesa larga. Inserí la marcia e il trailer partí lungo il vialetto tortuoso.

Amy appoggiò la fronte contro il finestrino e guardò i pascoli che le scorrevano accanto. Era contenta di accompagnare Sam. Allontanarsi dal ranch, anche solo per qualche ora, le avrebbe fatto bene, e visto che lui non sentiva mai il bisogno di parlare sarebbe riuscita a riordinare le idee in pace. Ben presto, si accorse di sentirsi piú rilassata.

Ci volle un'ora per raggiungere il piccolo aeroporto. Durante il viaggio, Amy meditò su tutto quello che le avevano detto Ty e Lou. Piú rifletteva sui loro consigli, piú sentiva svanire i sensi di colpa all'idea di stabilire un rapporto con Helena. Le parole di Lou continuavano a risuonarle nella mente: «Alla mamma sarebbe piaciuta». Tutt'a un tratto, si rese conto che Helena e sua madre avrebbero avuto molte cose in comune. «La mamma avrebbe desiderato che fossi sua amica. Non la sto tradendo in nessun modo. Lei e io non saremmo potute essere piú unite».

Con quest'ultimo pensiero, Amy sentí crollare l'ultima barriera nella sua mente.

Sam si fermò nell'area di carico e scarico dell'aeroporto e, per la prima volta durante il viaggio, le rivolse la parola. – Aspetta qui mentre mi occupo delle scartoffie, – disse piano.

Amy lo attese pazientemente.

– Ecco Sorrel, – disse l'uomo al suo ritorno, indicandolo con un cenno.

Seguendo il suo sguardo, Amy vide un cavallo maltinto che veniva condotto su e giú in uno spiazzo. Perfino a distanza si vedeva che era spaventato: i suoi movimenti erano rigidi e nervosi e scuoteva di continuo la testa.

Seguí Sam dallo stalliere. – È inciampato e caduto quando l'abbiamo fatto scendere dall'aereo, – spiegò l'uomo. – Il veterinario l'ha visitato e sta bene, ma è un po' scosso.

Amy diede una rapida occhiata al castrone. Era simile a molti dei cavalli che acquistava suo padre: grezzo e immaturo, ma con una buona conformazione fisica che un esperto di cavalli avrebbe saputo riconoscere. – Ora ce ne occupiamo noi, – disse Sam. Guardò Amy. – Puoi condurlo tu.

La ragazza prese la longhina e parlò gentilmente al cavallo. Non le piaceva la sua espressione schiva; l'aveva già notata in cavalli spaventati che si erano completamente isolati dal mondo esterno ed erano concentrati solo sulla loro paura.

Lo condusse verso il trailer mentre Sam abbassava la rampa. Il cavallo scartò, nervoso, e Amy cominciò a dubitare che sarebbe stato facile farlo salire.

– Portalo su, – le disse Sam.

Amy schioccò piano la lingua e ricominciò a camminare. Con suo immenso sollievo, il cavallo la seguí. Tuttavia, non appena i suoi zoccoli toccarono la rampa, puntò le zampe e si rifiutò di proseguire. – Su, bello, – lo incoraggiò lei, ma quando mosse un altro passo Sorrel indietreggiò di colpo trascinandosela dietro. Amy ritrovò l'equilibrio e guardò Sam, che alzò gli occhi al cielo esasperato.

– Dammi qua –. Le prese la corda dalle mani e cercò di far avanzare Sorrel. Il cavallo sbuffò e scrollò la testa, alzandola e abbassandola.

– Le dispiace se provo a fare una cosa? – chiese Amy.

Sam alzò le spalle e le restituí la corda.

Amy appoggiò le dita alla base del ciuffo sulla fronte di Sorrel. Le tenne ferme per un momento perché potesse abituarsi al suo tocco, poi cominciò a muoverle, alternando pressioni costanti a movimenti circolari. Alla fine, Sorrel chinò la testa e cominciò a respirare profondamente. Amy fece qualche passo avanti, ma quando raggiunsero la rampa lo sentí di nuovo irrigidirsi. – Mi presterebbe il suo foulard, per favore? – chiese a Sam.

L'uomo la guardò e scosse lentamente la testa, come se gli avesse fatto una richiesta assurda, tuttavia si sfilò il fazzoletto rosso che aveva al collo e lo diede a Amy. Delicatamente, la ragazza lo legò sugli occhi di Sorrel. – Adesso dipendi da me, – gli sussurrò. – Su, da bravo, vieni avanti. Fidati, andrà tutto bene.

Sentendo la sua voce, il cavallo rizzò le orecchie e con quattro passi traballanti salí sul trailer. – Bravissimo, – disse Amy levandogli il fazzoletto.

Sam richiuse la rampa alle loro spalle e Amy sorrise sentendolo mormorare: – Che il cielo mi fulmini.

Dopo aver legato Sorrel, scese dallo sportello laterale e tornò da lui.

– Brava, – disse l'uomo in tono scontroso, poi accese la radio per scoraggiare ulteriori scambi verbali.

Amy sorrise tra sé. Il suo successo con Sorrel e il burbero elogio di Sam le avevano dato una carica di ottimismo. Era convinta che fossero un segno che le cose sarebbero migliorate... e questa volta, era decisa a fare il possibile perché tutto andasse per il verso giusto.

Al loro arrivo trovarono Tim, Pat, Alex, Emma e Carol ad attenderli in cortile.

– Siamo sempre curiosi di vedere i nuovi arrivati, – sorrise Carol aiutando Amy ad abbassare la rampa.

Non appena il trailer fu aperto, Alex salí. Si sarebbe occupato lui di Sorrel. Durante il viaggio, il cavallo si era calmato e scese dalla rampa senza fare storie, ma agli occhi attenti di Tim non sfuggí il sudore secco sul suo mantello.

Sam raccontò di come Amy l'aveva calmato, coprendogli gli occhi per farlo salire sul trailer. – Io stesso non credevo che saremmo riusciti a caricarlo senza dover ricorrere a un sedativo, – ammise.

Tim guardò la figlia. – Come ti è venuta l'idea?

Rendendosi conto che tutti la stavano ascoltando, Amy rispose intimidita: – Be', con gli occhi coperti doveva per forza affidarsi a me e non poteva essere distratto dall'ambiente circostante –. Scrollò le spalle. – È come mettere i paraocchi, solo un po' piú drastico!

Tim rise. – Sei stata molto in gamba, Amy, – disse con orgoglio. – È una fortuna che tu sia andata con Sam!

Si avvicinò al cavallo per esaminarlo e Amy notò l'espressione furibonda di Emma. «Ovvio, – pensò. – Sarebbe dovuta andare lei a prendere Sorrel. Adesso penserà che ho di nuovo voluto dimostrare la mia superiorità».

Emma si voltò di scatto e se ne andò, e Amy decise che il suo rapporto con lei era la prima cosa che avrebbe cercato di sistemare. Appena possibile, lasciò il gruppo e andò a cercarla. La trovò nel maneggio in sella a Caspian. Il cavallo aveva la schiuma alla bocca ed era recalcitrante ai suoi comandi. Amy intuí che la ragazza gli aveva trasmesso la sua tensione.

Lo portò verso il primo ostacolo. Caspian sembrava un po' piú tranquillo e lo superò bene. Ma quando Emma lo girò verso la gabbia, Amy entrò nella sua visuale, distraendola. Il cavallo perse subito il ritmo e fece cadere i pali.

Emma accorciò le redini e lo fece proseguire verso la gabbia, ma Caspian rifiutò di saltare. Furiosa, la ragazza lo fece girare in cerchio e lo indirizzò di nuovo verso l'ostacolo, ma l'animale rifiutò di nuovo.

Amy non sopportava di vederlo cosí turbato. Sapeva che in circostanze normali Emma non l'avrebbe mai fatto saltare cosí, e temeva che il suo comportamento potesse causare una battuta d'arresto nei suoi progressi.

Fece un respiro profondo. Sapeva che sfidando Emma se la sarebbe inimicata ancora di piú, ma Caspian era davvero troppo sconvolto. Attraversò rapidamente il maneggio. Emma stava cercando di saltare per la terza volta. Caspian scartò di nuovo, sbalzandola quasi di sella.

– Credo che avverta la tua tensione, – disse Amy. – Ti dispiace se provo a calmarlo un po'?

Senza attendere risposta, appoggiò delicatamente la mano sulla fronte di Caspian. L'animale indietreggiò roteando gli occhi. Amy scelse un altro punto e, mormorandogli parole di conforto, cominciò a massaggiarlo con movimenti circolari. Dopo qualche istante, il cavallo smise di scalpitare e il suo respiro si fece piú regolare. Amy era talmente concentrata che non si accorse che Emma era smontata finché non se la ritrovò davanti.

Il volto della ragazza era pallido a eccezione di due chiazze rosse sulle guance. La voce le tremava per la rabbia. – Sono stufa. Piombi qui piena di te, convinta di essere superiore a tutti con le tue teorie e i tuoi metodi alternativi, – sbottò. – Sai, non sei l'unica in grado di ottenere il meglio dai cavalli, anche se pensi di esserlo. Tuo padre non mi avrebbe assunta se non ottenessi buoni risultati.

Amy era sbalordita. Lei aveva solo cercato di darle una mano. Mentre prendeva fiato per difendersi, Emma continuò. – Da quando sei arrivata non hai fatto che importi sugli altri. Anche a me interessano i metodi alternativi, ma mi sarebbe piaciuto usarli per trattare Caspian senza le tue continue intrusioni. Ti è mai passato per la testa? Ovvio che no! Perché tu non tieni in considerazione i sentimenti degli altri –. Proruppe in una risatina amara. – Va bene, allora, prenditi pure Caspian, visto che a quanto pare sei convinta di poter fare meglio di me! – Le gettò in mano le redini e si allontanò furibonda. Dopo qualche metro, si voltò di scatto e le puntò il dito contro. – Con i cavalli ci saprai anche fare, ma quando si tratta di avere rapporti con le persone hai molto da imparare!

CAPITOLO NONO

Amy fece camminare Caspian intorno al maneggio per raffreddarlo, quindi lo riportò nel suo box. Mentre lo strigliava, si chiedeva come fare per riconciliarsi con Emma. Tutt'a un tratto, un'ombra oscurò la soglia. Amy alzò lo sguardo e vide Emma che giocherellava nervosa con la longhina appesa sopra la porta.

– Mi dispiace, – dissero le due ragazze all'unisono, poi si rivolsero un mezzo sorriso.

– Non avrei dovuto gridare cosí, – disse Emma. – E voglio che tu sappia che normalmente non avrei mai trattato Caspian in quel modo. Ho lasciato che i nostri problemi offuscassero il mio giudizio. Caspian si merita di meglio –. Entrò nel box e il cavallo nitrí sommessamente, poi le andò incontro. Il legame tra loro era del tutto evidente.

– Anch'io ti chiedo scusa, – disse Amy. – Suppongo di essere stata un po' insensibile.

Emma la guardò con aria interrogativa.

– Ad esempio, quando sono intervenuta con Caspian, la prima volta che ci siamo incontrate, – spiegò Amy.

– Avrei preferito che mi spiegassi che era spaventato, suggerendo a me di camminare davanti a lui, – ammise Emma.

– Scusa, non ci avevo pensato, – disse Amy di slancio.

Emma annuí. – Sai, negli ultimi due giorni ho notato un netto cambiamento in lui, – disse in tono piú allegro. – Non si spaventa piú per qualsiasi cosa e non si eccita troppo quando gli chiedo di passare dal trotto a un'andatura piú veloce.

– Fantastico!

– Ma probabilmente adesso ho rovinato tutto, – concluse la ragazza, avvilita.

– No, figurati, – la consolò Amy. – Ora stai un po' con lui, continua a dargli le gocce e a massaggiarlo con l'olio di lavanda, e sono sicura che continuerà a migliorare.

– Lo credi davvero? – chiese Emma, piena di speranza, poi tacque, a disagio. – Mi mostreresti come fare quel massaggio? – chiese timidamente. – Ho provato a seguire le istruzioni di un libro, ma credo di farlo nei punti sbagliati perché Caspian si sposta sempre.

– A volte i cavalli preferiscono essere massaggiati in una zona anziché in un'altra. È un po' come con le erbe: spesso, se dai loro la possibilità di scegliere, ti indicano quali usare.

– Davvero? – chiese la ragazza, stupita.

Amy annuí felice: finalmente aveva una conversazione con Emma! – Mi dispiace molto che tu abbia pensato che volevo farmi vedere superiore a te, – disse guardandola applicare della polvere di lavanda sul mantello di Caspian.

– In fondo, sapevo che non era cosí, – ammise la ragazza. – Il fatto è che Tim continuava a ripetere che tu ottieni sempre risultati fantastici con i cavalli, e che avrei potuto imparare molto da te, e credo di aver deciso che mi stavi antipatica ancora prima che arrivassi.

– Mio padre ha detto questo di me? – Amy sgranò gli occhi grigi, sorpresa.

Emma annuí. – Credo che ne abbia parlato soprattutto con me perché è da un po' che mi interessano i metodi alternativi. Probabilmente pensava che avremmo avuto molte cose in comune.

Amy prese una striglia e cominciò a spazzolare l'altro fianco di Caspian. Cominciava a capire l'atteggiamento di Emma. Lavorarono in silenzio per un po'. – Perché ti sei stupita tanto che tuo padre abbia parlato spesso di te? – chiese la ragazza, incuriosita.

Amy sospirò. – Ho la sensazione che qui non ci sia davvero bisogno di me, – ammise.

Emma parve sorpresa.

Amy continuò a strigliare Caspian con lunghi movimenti decisi. – È cosí diverso da casa, – spiegò. – A Heartland sono sempre impegnata. Ma qui, con tutto il personale che ha papà e le strutture nuove di zecca, be', a parte lavorare con Spirit e Mistral per me non c'è niente da fare.

– Però non sei certo venuta qui solo per lavorare nella scuderia di tuo padre, – sottolineò Emma. – Non sei venuta per stare con lui, Helena e la tua nuova sorellina?

– Comincio a rendermene conto appena adesso! – convenne Amy. – Sai, da quando sono arrivata ho cercato di assumere lo stesso ruolo che ho a Heartland... e mi sono sentita sola e infelice, perché qui è diverso. Però ho deciso che prima di ripartire cercherò davvero di ambientarmi e di entrare a far parte della mia nuova famiglia –. Fece una pausa. – Il problema è che non so da dove cominciare.

Emma la guardò pensierosa. – Capisco quello che provi, ma sono sicura che prima della tua partenza tutto si sistemerà –. Le rivolse un sorriso rassicurante.

– Lo spero, – disse Amy e, mentre ricambiava il sorriso capí che quello era l'inizio di un'amicizia.

Piú tardi, quella sera, dopo aver preparato il mangime per Spirit e Mistral, Amy andò a cercare Emma nella selleria. La ragazza alzò lo sguardo dalla briglia che stava ricomponendo.

– Ti ho preparato dell'altro olio essenziale, – disse Amy porgendole una boccetta.

– Grazie –. Emma la mise al sicuro su una mensola. – Mi è venuta un'idea che potrebbe aiutarti, – aggiunse pensierosa.

– Davvero? – Amy era contenta che la ragazza fosse cosí amichevole.

Emma annuí. – Perché non ti offri di tenere Lily mentre tuo padre e Helena vanno fuori a cena? Domani è il loro anniversario.

– Ah sí? – Amy si sentí in colpa: il fatto che lo

ignorasse dimostrava quanto poco sapeva della nuova vita di suo padre.

– Se ti proponi come babysitter, darai una mano a Tim e Helena e allo stesso tempo potrai stare un po' con Lily... cosí avrai occasione di conoscerla meglio.

Amy dovette ammettere che era proprio un'ottima idea.

A cena, Amy notò che la conversazione era un po' forzata. Si sentiva terribilmente in colpa per essere sbottata con Helena quando aveva accidentalmente disturbato la sua sessione con Spirit. La donna stava facendo di tutto per evitare di fare domande sul cavallo, e i suoi occhi castani si spalancarono per lo stupore quando Amy le chiese cosa le era piaciuto di piú nel montarlo.

Ci pensò un secondo, poi sorrise malinconica. – La sua voglia di darmi tutto di sé. Non ho mai avuto la sensazione che mi ubbidisse perché avevo le redini in mano: lo faceva perché eravamo una squadra e voleva collaborare con me al cento per cento.

Amy sospirò. – Comincio a pensare che Spirit sia un cavallo «monogamo». Con me sta andando piuttosto bene, ma non come hai descritto tu, – confessò.

– All'inizio non era cosí neanche con me. È stato dopo la malattia che abbiamo legato tanto, – disse Helena.

– Quale malattia? – Amy corrugò la fronte.

– Ricordo molto bene quella notte. Il veterinario non era potuto venire e ormai eravamo convinti che l'avremmo perso per un grave attacco di colica, – spiegò Tim.

– Ho passato tutta la notte nel suo box ad assisterlo... incoraggiandolo a resistere, – disse Helena con sguardo assorto. – Avevo paura che non ce la facesse. È stato terribile vederlo soffrire. Ma ero determinata a non abbandonarlo, e alla fine ce l'ha fatta. È stato meraviglioso vederlo di nuovo sano e in forma.

– A volte lo faccio anch'io, a casa, – disse Amy, rendendosi conto che probabilmente lei e Helena avevano piú cose in comune di quanto avesse immaginato.

Il telefono squillò e Helena sorrise e andò a rispondere. Amy si portò alla bocca una forchettata di riso, ma non ne sentí il gusto. Stava meditando sulle parole della donna. Ora capiva il perché della devozione di Spirit. E all'improvviso comprese di avere una grande affinità con lui. «Non mi aspetto che non voglia piú stare con Helena. Voglio solo che dedichi una piccola parte di sé anche a me» pensò, rendendosi conto con un tuffo al cuore che lo stesso ragionamento si poteva applicare anche al suo rapporto con Helena. Per la prima volta capí che, se la accettava come amica, non avrebbe tolto nulla alla lealtà e all'affetto che provava per sua madre.

– Un penny per i tuoi pensieri, – disse Tim con dolcezza.

Amy alzò gli occhi e notò il suo sguardo preoccupato. – Sto solo elaborando alcune idee –. Sorrise, rendendosi conto che negli ultimi minuti non aveva fatto altro che giocherellare con il cibo nel piatto.

Helena tornò a tavola e Amy si ricordò del suggerimento di Emma. – Avete già qualche programma per il vostro anniversario? – chiese, un po' titubante.

Tim parve sorpreso. – Non volevamo lasciarti da sola... visto che non c'è nemmeno Lou.

– No, no, dovete uscire! – esclamò Amy. – Starò benissimo. Non vi capiterà spesso di poter andare fuori a cena.

– Non credo che riusciremo a trovare una babysitter in cosí poco tempo, – intervenne Helena iniziando a sparecchiare.

– Non dovete preoccuparvi di questo, – disse Amy. – Starò io con Lily. Mi farebbe molto piacere. Da quando sono qui, non ho passato molto tempo con lei. Sarebbe l'occasione per conoscerci meglio.

Tim e Helena si scambiarono un'occhiata. – Be', se sei sicura... – disse Helena, lentamente.

– Sicurissima, – rispose Amy decisa.

Il giorno seguente, Amy incontrò Emma nel tondino d'addestramento e le fece okay con il pollice. – Stasera sono ufficialmente in servizio come babysitter! – annunciò.

– Benissimo! – disse Emma, contenta. Sedeva con leggerezza in sella a Caspian al centro del recinto. Il cavallo teneva il peso del corpo appoggiato a una zampa posteriore e sembrava molto rilassato.

– Ha un ottimo aspetto, – osservò Amy, allegra.

– Già, – rispose Emma con orgoglio.

– Vediamo come va.

Con una stretta dei talloni, Emma lo spronò a un trotto ritmico e regolare per poi passare alle altre andature. Concluse con una «spalla in dentro». Per tutto l'allenamento, Caspian mantenne un equilibrio perfetto e fu rilassato e ubbidiente. Alla fine, Emma lo fermò e smontò. Aveva le guance arrossate e Amy sorrise nel vederla cosí felice.

– È molto piú tranquillo, – disse la ragazza. – Non avrei mai pensato di vederlo cosí.

– Sta facendo grandi progressi –. A Amy venne un'idea. – Adesso che non dovrai piú concentrarti tanto su Caspian, ti andrebbe di fare una breve sessione con Spirit ogni giorno?

– Certo –. Emma la guardò perplessa. – Ma perché?

– Deve imparare a comportarsi bene anche con altri cavalieri, – spiegò Amy, ma senza accennare al fatto che il legame del cavallo con Helena non dava segno di affievolirsi.

Emma era troppo impegnata a coccolare Caspian per farle altre domande. Guardandoli, Amy provò un moto di ottimismo. Sperava di raccogliere presto i frutti del lavoro con Spirit.

Quando Amy tornò in cortile, Mistral era affacciata alla mezza porta del suo box. Non appena la vide, lanciò un lungo, profondo nitrito. La ragazza si fermò sbalordita. Era la prima volta che la chiamava. Pensò che era un'ottima premessa per la sessione d'addestramento.

Dopo averla bardata, la fece uscire dal box e montò lentamente in sella. Mistral si limitò a spostare il peso da una zampa all'altra. Amy strinse i talloni e la cavalla avanzò ubbidiente. Emma le stava aspettando nel maneggio con Caspian. - Vai avanti tu! - gridò Amy. - Sono sicura che seguire un altro cavallo la aiuterà. Però vai piano.

Emma annuí e partí al trotto davanti a Mistral. Dopo due giri, Amy le gridò di passare al galoppo medio. Emma spostò il peso sulla sella e spronò Caspian a un canter regolare, seguita da Amy. Mistral si muoveva con eleganza, inarcando il collo fiero, e si vedeva che si stava divertendo un mondo. Dopo un giro del tondino, tornarono al passo e lasciarono rilassare i cavalli. In quel momento, sentirono qualcuno applaudire e scorsero Tim vicino alla staccionata. - Brave, - gridò avvicinandosi. - Entrambi i cavalli hanno fatto enormi progressi! - esclamò soddisfatto. Strinse il braccio di Emma. - Hai lavorato sodo, e la performance di Caspian è stata eccezionale. Io stesso non avrei potuto fare di meglio.

- Tutto grazie ai rimedi che mi ha dato Amy, - disse Emma, arrossendo.

- Non è vero, - precisò Amy. - Quei rimedi sono efficaci solo se abbinati a un trattamento sensibile. Non hai mai smesso di dedicarti a lui, ed è questo che l'ha veramente aiutato a superare le sue difficoltà.

– Quanto a Mistral, sembra un'altra, – osservò Tim guardando Amy. – Quello che hai fatto con lei è incredibile.

– Grazie, papà –. Amy provò un impeto di felicità.

– Ti dispiace se provo a montarla?

Amy esitò. Temeva che per Mistral fosse un po' troppo presto, ma poi si rese conto che il padre sapeva quello che faceva. – Figurati, – disse scivolando giú di sella e aiutandolo a regolare le cinghie delle staffe.

Tim montò agilmente e strinse i talloni. In un primo momento, la cavalla tirò indietro le orecchie e parve restia a lasciare Amy e Caspian. Ma Tim mantenne la pressione delle gambe e Mistral avanzò ubbidiente. Amy notò l'eleganza e la sensibilità con cui suo padre guidava la cavalla. Le fece eseguire una serpentina al trotto e dopo una mezza fermata, la spronò al galoppo medio.

– Non mi stancherei mai di guardare tuo padre cavalcare, – disse Emma mentre lo osservavano manovrare Mistral con mano esperta.

Amy annuí e provò un moto d'orgoglio. – Mio padre! – sussurrò.

– Allora, i nostri numeri di cellulare sono scritti qui, – disse Helena. Sorrise a Lily, che sedeva tranquilla sul seggiolone. – Fai la brava con tua sorella –. Alzò lo sguardo. – Amy, avevo dimenticato di dirti che quando la mettiamo a letto le lasciamo sempre la lucina da notte accesa. Ha paura del buio.

Lily emise un gorgoglio come per confermare le sue parole. Helena sorrise e le spinse una ciocca di capelli dietro l'orecchio. – Se hai bisogno di qualcosa, devi chiamare «Amy» invece che «Mamma». Riesci a dire «Amy», Lily?

La piccola si ficcò il pollice in bocca e guardò la madre tutta seria.

– Non ti preoccupare, Helena, – la rassicurò Amy, pensando a quanto stava bene vestita da sera. – Adesso è meglio che tu vada, o farete tardi. Papà ha già suonato il clacson due volte.

La donna lisciò una piega del suo abito nero, baciò la figlia sulla testa e uscí di corsa dalla cucina. – Grazie ancora, – gridò senza voltarsi.

– Be', – disse Amy a Lily con un sorriso. – A quanto pare siamo rimaste sole.

La bambina la fissò con i suoi grandi occhi castani, cosí simili a quelli della madre. Aveva la bocca sporca di marmellata di fragole. – Come sei appiccicosa, – disse Amy pulendola. Con suo sollievo, la piccola la lasciò fare.

– Allora, – continuò. – Che ne dici di giocare un po', e poi di ascoltare una storia prima di andare a nanna? – La sollevò dal seggiolone e se la appoggiò sul fianco, come aveva visto fare a Helena.

– Uuh andata via, – disse Lily all'improvviso in tono solenne.

– Già, Uuh è andata in vacanza. Ma tornerà presto, – disse Amy allegra, avviandosi su per le scale.

Helena aveva decorato personalmente la stanza di Lily. Un dipinto murale raffigurante un recinto pieno di cavalli al pascolo occupava tre delle pareti. Sulla quarta era disegnata una scuderia con un pony grigio che faceva capolino da una porta. Dal soffitto pendevano giostrine colorate, un paio di mensole ospitava una collezione di morbidi pupazzi e sulla sedia a dondolo accanto al lettino di Lily erano accatastati alcuni libri illustrati.

Amy mise la piccola a sedere su una coperta sul pavimento e per un po' giocarono con anelli da impilare e formine a incastro. Dopo un po', la bambina cominciò a sbadigliare, allora Amy la mise delicatamente nel suo lettino.

Le rimboccò le coperte e scelse un libro. Mentre voltava le pagine e descriveva le figure, era consapevole che la sorellina non le toglieva quasi mai gli occhi di dosso. Quando alla fine chiuse il libro, Lily le sorrise. - Uuh, - mormorò.

- Non Uuh. Amy. Adesso è ora di dormire, - disse la ragazza. Accese il lume notturno, spense la luce principale e uscí dalla stanza, sospirando. Sapeva che avrebbe dovuto essere contenta che Lily si fosse comportata bene con lei, invece non poteva fare a meno di sentirsi un po' delusa. Chiaramente, la bambina era ancora molto piú legata a Lou che a lei.

Scese in cucina e lavò i piatti di Lily. Poi decise di farsi un espresso. Inserí la spina della macchina da caffè e premette l'interruttore. La stanza piombò nell'oscurità. «Un fusibile deve aver fatto scattare il salvavita» pensò chiedendosi dove fosse la scatola del contatore.

All'improvviso, un urlo terrorizzato risuonò al piano di sopra.

CAPITOLO DECIMO

– Sto arrivando, Lily, aspettami, – gridò Amy avanzando a tastoni nell'oscurità. La lucina notturna di Lily doveva essere sullo stesso circuito delle luci della cucina. Le sue mani sfiorarono la pietra grezza e Amy capí che stava attraversando l'arco che collegava la cucina al soggiorno, anch'esso completamente al buio. Costeggiando la libreria, quindi lo schienale del divano, raggiunse l'imboccatura delle scale, senza mai smettere di rivolgere a Lily parole rassicuranti.

Arrivata nella camera della bambina, corse al lettino e la prese in braccio, cullandola dolcemente finché non smise di piangere. Tutt'a un tratto, provò un senso di protezione che la colse di sorpresa.

– Emii, – singhiozzò Lily.

A Amy si strinse il cuore. – Sí, Lily, Amy è qui. Adesso sei con me e andrà tutto bene.

Tenendola stretta, raggiunse la camera da letto di Tim e Helena. Premette l'interruttore e le luci si accesero; evidentemente erano su un altro circuito. Mise Lily a sedere sul letto e si guardò intorno. Ricordava di aver visto una torcia da qualche parte e pensò che avrebbe potuto usarla per cercare l'interruttore generale al piano di sotto. La trovò quasi subito sulla mensola del caminetto.

Si girò di nuovo verso Lily e vedendo il suo visetto rigato dalle lacrime provò un impeto di tenerezza.

– Su, su, qui la luce funziona. Va meglio, vero? – le disse allegramente.

– Emii, – ripeté la piccola tendendo le manine verso di lei. Evidentemente, voleva essere presa in braccio.

Amy trovò quasi subito il contatore nel sottoscala e riposizionò l'interruttore del salvavita. La luce tornò in cucina e in soggiorno... e anche il lume notturno di Lily riprese a funzionare. Ma invece di rimetterla a letto, Amy andò a prendere qualche giocattolo e si sedette con lei sul divano. – Dobbiamo recuperare il tempo perduto, – disse. Lily sorrise tutta contenta.

Amy passò l'ora successiva giocando con lei e cantandole le filastrocche che sua madre le aveva cantato quando era piccola. Alla fine, la bambina sbadigliò e le si accoccolò accanto. Amy le diede un bacio sulla testa riccioluta. – Mia sorella, – sussurrò, provando per la prima volta un senso d'appartenenza.

Amy fu svegliata dalle voci e aprendo gli occhi vide Helena e Tim in piedi davanti a lei. – Ciao, – sbadigliò. – Vi siete divertiti?

– Sí, grazie, – rispose Helena. – Ma come mai siete qui? Lily ha fatto storie per andare a letto?

Amy disse loro del fusibile saltato e si offrí di riportare la bambina nel lettino. Dopo averle rimboccato le coperte, scese di nuovo in soggiorno. Tim e Helena chiacchieravano in cucina. Stava per raggiungerli, ma esitò nel sentire il proprio nome. Non voleva origliare, ma era difficile non sentire le voci, che le giungevano forti e chiare attraverso l'arco di pietra. Suo padre stava dicendo: – Ho l'impressione che Amy sia un po' piú contenta negli ultimi giorni... nonostante l'assenza di Lou.

– Forse proprio questo l'ha aiutata, – disse Helena. – Forse si sentiva un po' messa in ombra da lei.

– Non vedo come, – rifletté Tim, perplesso. – È sempre stata cosí sicura di sé.

– Anche Lou, a quanto mi hai detto, ma non si era sentita cosí anche lei durante la tua visita a Heartland?

– È vero, – ammise Tim dopo qualche secondo di silenzio. – Allora avevo legato di piú con Amy.

– Forse questa volta hai cercato di compensare dedicandole meno attenzione, – suggerí Helena.

– Se l'ho fatto, non è stato intenzionale, – rispose Tim. – In ogni caso, mi sarebbe piaciuto stare di piú con entrambe.

– Sanno quanto sei impegnato, – lo rassicurò la donna. – Devi gestire l'attività e occuparti del personale... oltre a tutto il tempo che richiediamo Lily e io –. Rise. – Direi che te la cavi piuttosto bene.

Amy cominciò a sentirsi a disagio, e si stava chiedendo se non fosse il caso di tornare in camera sua, quando Helena parlò di nuovo. – Sono sicura che Amy e Lou apprezzano tutto quello che fai. Sono due ragazze meravigliose, Tim. Dovresti essere orgoglioso di loro.

– Lo sono –. Dal tono della sua voce, Amy intuí che il padre stava sorridendo.

– Mi piacerebbe solo riuscire a legare un po' di piú con Amy, – continuò la donna. – Vorrei che riuscisse a fidarsi di me. So che non potrò mai prendere il posto di sua madre, ma voglio che sappia che io ci sono se ha bisogno di me, – concluse in tono un po' malinconico.

– Lo sa. Devi solo darle ancora un po' di tempo. Per lei è piú difficile che per Lou. Era incredibilmente attaccata a Marion, – spiegò Tim.

Amy decise che ormai non poteva piú entrare in cucina, allora salí quatta in camera sua. Mentre si sdraiava sul letto e appoggiava la testa sulle braccia, sentí che tutto si stava sistemando. Gli avvenimenti di quella sera le avevano dimostrato che c'era un legame tra lei e Lily. C'era sempre stato, ma lei non se n'era resa conto. Anche le parole di Helena le avevano aperto gli occhi. Finalmente aveva capito che la donna non voleva interferire, ma solo avere un bel rapporto con lei e Lou. Si sentí in colpa per aver mantenuto cosí a lungo le distanze.

Quanto al padre, Amy provò un impeto d'affetto per lui. Le voleva bene come sempre, ma lei non era stata in grado di capire quanto fosse impegnato. Evidentemente, Tim voleva dare il cento per cento a tutte le persone di cui si sentiva responsabile, e Amy sapeva che non erano poche. Durante il suo soggiorno al ranch, aveva avuto la sensazione che non tenesse abbastanza a lei. Ora dovette ammettere con se stessa che era lei che non si era dedicata abbastanza a lui.

Un'unica cosa la turbava ancora: il fatto che Tim non tenesse una sua foto sulla scrivania insieme a quelle di Lou e Lily. Chiuse gli occhi e cercò di scacciare quel pensiero, decisa a concentrarsi sulle cose positive che erano successe di recente.

Amy passò i giorni successivi divisa tra il lavoro con Mistral e Spirit e le passeggiate a cavallo con Emma. Insieme alla ragazza e a Spirit, portò Mistral per la prima volta fuori, in campagna, constatando con entusiasmo che la grande cavalla nera cominciava a divertirsi a essere montata. Ogni mattina, quando scendeva in cortile, Mistral si affacciava alla porta del box e la chiamava dolcemente.

Ogni pomeriggio, dopo il tè, faceva in modo di passare un'ora con Lily e Helena o Tim, e il suo legame con la sorellina diventava ogni giorno piú forte.

La sera prima del ritorno di Lou, Amy era in cucina a fare rotolini di plastilina per Lily. Guardò Helena, che stava consultando una ricetta, e decise di confidarle la sua ultima preoccupazione per Spirit. – Per quanto lo monti, per quante ore passi a fargli il T-touch, con me è diverso da com'era con te.

– Mi dispiace, Amy, non so cos'altro suggerirti –.

La donna corrugò la fronte. – Mi sento cosí in colpa per avervi disturbato mentre saltavate, l'altro giorno. Continuo a pensare di aver rallentato i vostri progressi.

– Non importa, – la rassicurò Amy. – Ho riflettuto e mi è venuta un'idea di cui vorrei parlarti.

Helena si girò per aprire il frigo e Amy notò la sua espressione compiaciuta.

– Ricordi quando mi hai raccontato della notte che hai passato nel box di Spirit? – chiese.

Helena si voltò a guardarla tenendo in equilibrio uova, maionese e un cespo di lattuga. – È stato quando aveva la colica.

– Be', so che è un po' azzardato, ma ho pensato che se passassi la notte con lui forse si sentirebbe un po' piú legato a me. So che il motivo del suo attaccamento a te è l'aiuto che gli hai dato per superare la malattia. La mia speranza è che passando altrettanto tempo con lui questa sua dipendenza si affievolisca.

Helena tacque per un istante, pensierosa. – Tentar non nuoce, – disse lentamente.

– Ho pensato di farlo stanotte.

– Va bene, ti preparerò un thermos e una coperta.

Amy pelò una carota e la diede da succhiare a Lily,

che sorrise e cominciò subito a sbatterla sul vassoio del seggiolone. Amy scoppiò a ridere e, dimenticando le sue preoccupazioni per Spirit, pensò a quanto era bello stare con la sorellina.

Dopo aver ammucchiato della paglia pulita in un angolo del box di Spirit, Amy ci stese sopra la coperta. Il box era caldo e la luce soffusa e la ragazza pensò che non avrebbe avuto difficoltà ad addormentarsi.

Trascorse la prima ora della serata dando a Spirit una minuziosa strigliata. Il cavallo se ne stava con gli occhi mezzi chiusi, con il peso del corpo appoggiato a una zampa posteriore. Quando ebbe finito, il suo mantello pomellato scintillava e la coda e la criniera erano come seta. Amy gli cosparse bene il pelo di polvere di lavanda per farlo rilassare, come aveva suggerito di fare a Emma con Caspian. Alla fine gli fece un lungo massaggio, tracciandogli dei piccoli cerchi sulla pelle finché il dolore alle dita e alle braccia non la costrinse a fermarsi.

Mentre si sistemava sul suo giaciglio di paglia, Spirit sospirò soddisfatto. Sbadigliando, Amy calcolò che doveva essere circa mezzanotte. Per evitare di addormentarsi, cominciò a canticchiare sottovoce le filastrocche della sua infanzia. «Perché no? – pensò. – Dopotutto, mi hanno aiutato a legare con Lily».

Mentre cantava, le tornarono in mente i momenti speciali che aveva passato con sua madre. Ultimamente, aveva pensato spesso al vuoto causato dalla sua morte. Ma adesso si rese conto che aveva goduto di qualcosa di speciale che Lou non aveva potuto avere: la presenza della madre durante tutta la sua infanzia. E, cosa ancora piú importante, Marion le aveva trasmesso il dono della guarigione, con cui Amy poteva aiutare i cavalli, e a volte anche gli esseri umani. Ripensò a tutte le persone che erano state aiutate grazie a Heartland grazie al dono della madre, e tutt'a un tratto si sentí fortunata. Chiuse gli occhi e rivolse un silenzioso grazie a sua madre per il modo meraviglioso in cui si era accostata alla sua vita negli anni che avevano condiviso.

Amy si svegliò con la sensazione di qualcosa di caldo sul viso e, aprendo gli occhi assonnati, vide Spirit che le strofinava il muso sulla faccia. Spingendolo via dolcemente, si alzò a sedere e si stirò. A giudicare dalla luce che filtrava dalle fessure della porta, era mattina presto. Si alzò e cominciò a sbrigare le faccende di scuderia. Ben presto la raggiunse Emma.

– Sembri stanca morta, – osservò.

– Sono stata piú sveglia di cosí, – ammise Amy sorridendo tristemente.

– Senti, perché non lasci finire a me e non vai a recuperare un po' di sonno? – propose la ragazza.

– Grazie, – disse Amy. – Ho solo bisogno di un sonnellino per rimettermi in sesto, poi voglio lavorare con Spirit.

– Pensi che sia stato utile passare la notte con lui?

– Lo spero –. Sbadigliando, Amy s'incamminò lentamente verso casa. «Anche se non è servito a niente, – pensò, – è stato positivo per me. Ho capito quanto sono fortunata ad aver conosciuto mia madre e ad aver avuto il suo influsso nella mia vita. È qualcosa che Lou non ha mai davvero conosciuto, avendo passato tanti anni in collegio in Inghilterra. Lei ha avuto la fortuna di avere mio padre vicino per tanto tempo, ma io ho avuto la mamma, e questo mi accompagnerà per tutta la vita».

Quando Amy entrò in casa dormivano ancora tutti. Dopo pochi minuti era già sotto le coperte. Chiuse gli occhi, ripromettendosi di dormire solo un'ora, invece scivolò in un sonno profondo e senza sogni che durò molto di piú.

– Svegliati, dormigliona, – disse una voce familiare parecchie ore dopo.

Con un gemito, Amy si rese conto che aveva dormito troppo e che doveva sbrigarsi se non voleva perdere lo scuolabus. – Vengo, – mormorò, poi sentí sua sorella ridere.

– E io che pensavo di trovarti fuori ad aspettarmi con un party di benvenuto!

– Eh? – Amy si alzò a sedere, guardò il volto abbronzato della sorella e all'improvviso si ricordò dov'era. – Sei tornata! – esclamò abbracciandola. – Ti sei divertita?

– Moltissimo, – ammise Lou con un sorriso enigmatico.

– Bene –. Amy ricambiò il sorriso, non sapendo come decifrare la sua espressione. I suoi occhi azzurri brillavano e Amy sentí che in lei c'era qualcosa di diverso.

– È successo qualcosa? – chiese incuriosita. Per quanto si sforzasse di restare seria, la felicità di Lou era contagiosa e ben presto si ritrovò a sorridere senza sapere perché.

Prima che Lou potesse rispondere, la sua attenzione fu attirata da uno scintillio sulla mano della sorella. – Lou, – disse lentamente. – Ho le traveggole, o è un solitario quello che hai al dito?

– Proprio cosí, – rise Lou, al settimo cielo.

– Tu e Scott vi sposate! – esclamò Amy, euforica.

Lou annuí. – Io stessa faccio fatica a rendermene conto! Ultimamente le cose andavano molto bene tra noi... e sapevo che desiderava che la nostra vacanza fosse speciale, ma non mi sarei mai sognata di ricevere una proposta di matrimonio, – concluse arrossendo. Amy la fissava senza parole.

– Raccontami come te l'ha chiesto, – disse alla fine. – Voglio sapere tutti i particolari.

Lou si mise comoda sul letto. – Mi ha fatto salire fino in cima all'Ayers Rock per guardare l'alba. Mentre il sole appariva all'orizzonte, mi ha chiesto di sposarlo. Poi ha tirato fuori dallo zaino un incredibile picnic con tanto di champagne e siamo rimasti lí seduti a guardare il sole sorgere –. Il suo tono era commosso. – Non lo dimenticherò mai, mai.

– Oh, Lou, sono cosí felice per voi! – esclamò Amy, emozionata. Mentre abbracciava la sorella, i suoi occhi si riempirono di lacrime.

Lou la strinse forte. – Ma basta parlare di me, dimmi di te. Come te la sei cavata in questi giorni? – chiese guardandola preoccupata.

– Benissimo, – le assicurò Amy. Poi le raccontò tutto quello che era successo dopo la loro partenza.

– Se avessi saputo quanto ci avrebbe fatto bene questo viaggio, ti avrei proposto di farlo sei mesi fa! – rise Lou.

All'improvviso, Amy guardò l'orologio. – È l'una! – esclamò. – Ho dormito per ore.

– Be', evidentemente ne avevi bisogno, – disse Lou, pratica. – Helena ha detto che hai passato gran parte della notte sveglia nel box di Spirit.

– In ogni caso, questa è la notizia piú bella con cui sia mai stata svegliata, – disse Amy slanciando le gambe giú dal letto. – Ti rendi conto che dovremo fare due feste? Una qui e una a casa. Scott è stato proprio lungimirante! – Cominciò a vestirsi. – Puoi farmi un favore? – chiese. – Anch'io ho un piano per oggi. Pensi di riuscire a far venire Helena al maneggio tra una mezz'ora?

– Certo –. Lou alzò le sopracciglia, incuriosita. – Posso far parte anch'io del tuo piano?

– Vieni con lei e lo vedrai messo in atto, – gridò Amy senza voltarsi, precipitandosi giú per le scale.

Amy aveva memorizzato la prova di dressage che aveva visto eseguire a Helena con Spirit nel dvd. Mentre lo portava nel maneggio per il riscaldamento, gli fece una carezza sul collo. – Su, bello, non dirmi che la notte scorsa non è servita a niente, – mormorò accorciando le redini e chiedendogli di fare un giro sulle zampe anteriori. Spirit lo eseguí alla perfezione, ma cosa ancora piú importante, Amy ebbe la netta sensazione che non stesse solo ubbidendo a un comando, ma stesse lavorando in squadra con lei.

Mentre trottavano e galoppavano, era impossibile non notare nella sua performance un entusiasmo che non aveva mai sentito prima. I movimenti quasi letargici erano spariti. Le sue falcate erano fiere ed elastiche: a Amy sembrava di volare. Le orecchie del cavallo scattavano continuamente all'indietro per ascoltare la sua voce. Tutta la sua attenzione era concentrata su di lei. Le sembrava quasi di sentirlo chiedere: «E adesso?»

Tuttavia, Amy sapeva che c'era un unico modo per dimostrare se aveva davvero avuto successo con Spirit. Guardò l'orologio, poi in direzione del ranch e il battito del suo cuore accelerò quando vide Tim, Helena, Lou e Scott avvicinarsi sul sentiero.

Anche Spirit si era accorto di loro e quando Helena si appoggiò alla staccionata, la chiamò. La donna corrugò la fronte, disorientata, ma Amy incrociò lo sguardo del padre, che annuí come per dirle che sapeva esattamente quello che stava facendo ed era d'accordo.

– Okay, bello, non deludermi, – mormorò Amy spronandolo verso il centro del maneggio. Giunta al centro, si fermò, inspirò profondamente, poi gli fece eseguire il primo movimento del test di dressage.

Dal primo istante, Amy si accorse del cambiamento avvenuto in lui. Era come se tra loro si fosse aperto un canale di comunicazione che prima non esisteva. Eseguí i circoli di venti metri e le triple serpentine con movimenti fluidi ed elastici, muovendo le orecchie al suono della sua voce. Quando finalmente si fermarono, Amy provò un impeto di felicità. Per la prima volta, Spirit non l'aveva considerata una passeggera, ma una partner da rispettare, per cui nutrire fiducia e dare il massimo.

Ignorando l'applauso di suo padre, Lou e gli altri, Amy passò nel secondo tondino, dove era allestito un percorso di dodici ostacoli. Ripensando all'ultima volta che aveva fatto saltare Spirit in presenza di Helena, esitò un momento, ma questa volta non si lasciò distrarre. Quando ebbero saltato l'ultimo ostacolo, Amy capí che aveva contribuito a formare un potenziale campione olimpico. In vita sua, aveva montato solo un cavallo dal temperamento simile: Pegasus. Incrociando lo sguardo del padre, intuí dalla sua espressione che anche lui stava pensando la stessa cosa.

Le si avvicinò e posò le mani sulle sue. – Non ti ho mai vista tanto simile a tua madre come oggi, mentre cavalcavi, – le sussurrò. – Finché avrò te, il ricordo di lei non svanirà mai. Hai il suo spirito.

A Amy venne un nodo in gola e i suoi occhi si riempirono di lacrime.

– Sarebbe stata cosí orgogliosa di te, – concluse Tim con la voce roca per la commozione.

L'ultimo giorno al ranch, Amy, Lou e Tim uscirono insieme a cavallo. Mentre procedevano fianco a fianco lungo un ampio sentiero, Lou accarezzò il collo di Mistral. – Non posso credere a quanto è cambiata, – disse con entusiasmo.

– E io non posso credere a quanto sei cambiata tu, – sorrise Tim. – Ti ricordi com'eri restia a montare l'ultima volta che sono venuto a trovarvi?

Lou sorrise. – Mi ci è voluto molto tempo per poter dire con sincerità che non ho piú paura dei cavalli, e tutto grazie a Amy.

– Non è vero, – protestò Amy, in realtà lusingata dalle parole della sorella.

– Invece sí, – insistette Lou. – Mi hai sempre

incoraggiata e guidata, senza mai costringermi a fare cose per cui non ero pronta.

– Un po' come fai con i tuoi cavalli –. Tim sorrise. – A proposito, ho deciso di chiedere a Emma di insegnare i tuoi metodi al resto dello staff.

– Davvero? – Amy ebbe un tuffo al cuore.

Tim annuí. – Sono rimasto cosí colpito dai risultati che ottieni da convincermi che il tuo sia il metodo migliore per trattare tutti i nuovi arrivati. Sarebbe molto utile se riuscissi a mantenerti in contatto con lei, e magari le mandassi un po' di appunti sul tuo lavoro.

– Volentieri, – disse Amy, felice. Lei ed Emma si erano già promesse di restare in contatto; nel giro di qualche settimana, la ragazza avrebbe partecipato con Spirit a un concorso di dressage e Amy desiderava sapere come sarebbe andata. Il legame tra loro diventava ogni giorno piú forte e lei sentiva di aver trovato un'amica per la vita.

Tim guardò l'orologio. – Meglio rientrare, – disse a malincuore, – altrimenti Helena manderà una squadra a cercarci. Dopotutto, senza di noi il barbecue non può cominciare... non finché con me ci sono due dei tre ospiti d'onore!

Durante la cena di saluto, Amy guardò la stessa compagnia che si era riunita la sera del suo arrivo al ranch e pensò a quante cose erano cambiate da allora. «Anch'io sono cambiata, – rifletté. – Mi sembra di conoscere meglio me stessa e di avere un nuovo punto di vista sulle cose. Ci sono tante cose positive nella mia vita: non solo il lavoro a Heartland. Adesso ho una famiglia ancora piú grande: Lou, Lily, papà, Helena e il nonno».

Si sentí pervadere da una meravigliosa sensazione di appagamento. Era bello sapere che avrebbe lasciato il ranch di suo padre dopo aver risolto tanti nodi importanti della sua vita. E pur sapendo che la sua nuova famiglia e i nuovi amici le sarebbero mancati, non vedeva l'ora di tornare a casa e rivedere tutti a Heartland. Le erano mancati moltissimo. Si ripromise che una delle prime cose che avrebbe fatto sarebbe stato montare Sundance, possibilmente con Ty al suo fianco.

Un sorriso le aleggiò sulle labbra al pensiero di come l'aveva sostenuta mentre si trovava lí al ranch, aiutandola a scoprire il suo nuovo ruolo. La capiva cosí bene, e Amy sapeva che le sarebbe stato sempre accanto, anche solo al telefono. Era un vero amico.

Sentí un ramoscello spezzarsi e alzando lo sguardo

vide suo padre. – Ciao –. Le sorrise. – Ti dispiace se mi siedo vicino a te?

Amy gli fece spazio. – Stavo pensando a quanto sono fortunata ad avere una famiglia e degli amici cosí meravigliosi, – disse. – A volte me ne dimentico, quando sono troppo assorbita dal lavoro.

– Ti capisco, – rispose Tim, pensieroso. – Sei sempre cosí piena di impegni che a volte non hai piú tempo per le persone che ami –. Tacque per un istante, guardandola negli occhi. – Mi dispiace di non essere riuscito a stare con te e Lou quanto avrei voluto.

– All'inizio mi sono sentita un po' messa in disparte, – confessò Amy. – Ma poi mi sono resa conto che hai la responsabilità di molte persone, e che fai del tuo meglio per dedicare a tutti una parte di te.

Tim parve colpito dalle sue parole. – Non ho mai considerato la cosa da questo punto di vista, – disse lentamente. – Credo di essere troppo occupato a sentirmi in colpa perché non riesco a dare di piú. So di avervi terribilmente trascurate negli anni in cui ero lontano. Non voglio piú trascurare nessuno in quel modo...

S'interruppe, e d'impulso Amy gli prese la mano.

– Siamo state benissimo qui, – gli disse. Esitò, pensando all'assenza di una sua foto sulla scrivania del padre.

Mentre si chiedeva se affrontare l'argomento o no, lui le posò una mano sul braccio. – Tutto bene? Ti vedo un po' troppo pensierosa per una festa!

Amy si morse il labbro inferiore. – Sai, sono rimasta un po' male l'altro giorno, nel tuo ufficio. Ho notato che hai delle foto di Lily e di Lou, ma nessuna di me.

Tim la guardò perplesso. – Sí che ce n'è una.

Amy scosse la testa. – No, non c'è. Ce n'è una di Lou da piccola. E tre di Lily insieme... – S'interruppe mentre il padre scoppiava a ridere.

– Una delle tre sei tu... non Lily! Quella dove stringi l'orsacchiotto. Non ti sei riconosciuta? – chiese sorridendo.

– No –. Amy rimase a bocca aperta, provando al contempo stupore, felicità e imbarazzo. Arrossí. – Ho pensato che forse non volevi una mia foto di quando ero piccola perché ero andata a stare con la mamma.

Tim la abbracciò fortissimo. – Non ti ho mai voluto meno bene per questo. Perché avrei dovuto? Provo per te lo stesso affetto che nutro per Lily e Lou.

Amy annuí, appoggiata al suo petto. Era bellissimo

sentirselo dire, anche se nel profondo del cuore lo sapeva già. – Mi mancherai, – disse con voce strozzata.

Dopo un'ultima stretta, Tim la liberò dall'abbraccio. – Mancherai anche tu a noi. Ma presto ci rivedremo... al matrimonio di Lou e Scott! – Sorrise, e il suo volto s'illuminò.

Amy annuí, felice. Cominciava a rendersi conto che quel periodo passato lontano da Heartland l'aveva fatta crescere. Si sentí felice pensando al suo futuro insieme alle persone che amava.

Mano nella mano, Amy e suo padre si incamminarono verso casa, dove li aspettava il resto della famiglia. Amy guardò i loro volti sorridenti. «Tesori come questi non si possono comprare, – pensò felice. – L'amore è un dono... e ci guarisce tutti».

INDICE

Con OCCHI nuovi

Einaudi Ragazzi

storie & rime

Heartland

Finito di stampare nel mese di aprile 2013
per conto delle Edizioni EL
presso LEGO S.p.A. - Stabilimento di Lavis (Tn)